Texte détérioré — reliure défectueuse

NF Z 43-120-11

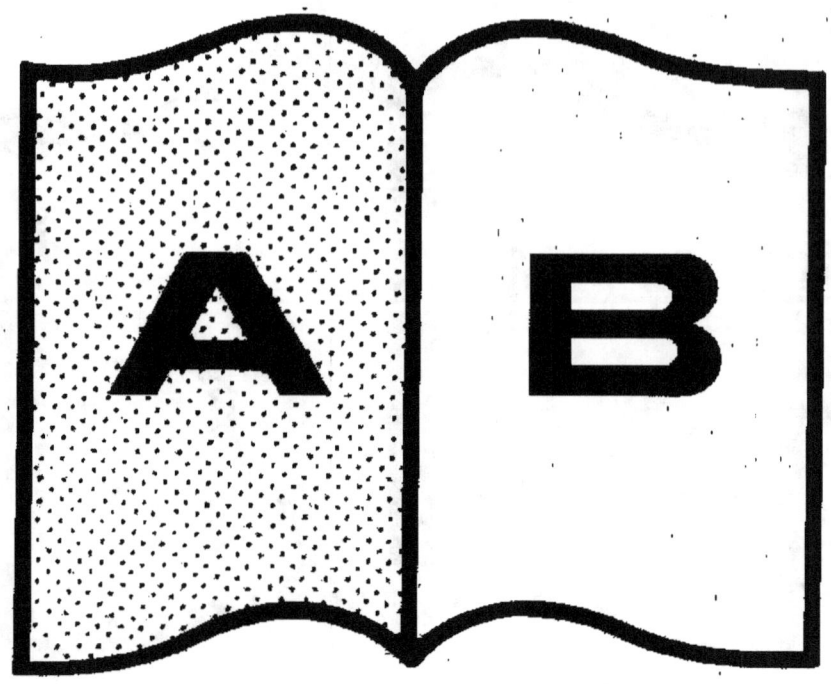

Contraste insuffisant

NF Z 43-120-14

CHAPITRE XIII. — Des autres divertissements de l'étudiant.   88

CHAPITRE XIV. — Les examens non de conscience.   95

CHAPITRE XV. — Dissertation philosophique, mais non humanitaire, sur les vacances.   106

CHAPITRE XVI. — Fin finale.   115

PHYSIOLOGIE
DU DÉBARDEUR.

IMPRIMÉ PAR BÉTHUNE ET PLON, A PARIS.

Physiologie
DU DÉBARDEUR,

PAR

Maurice Alhoy,

VIGNETTES

DE GAVARNI.

PARIS,

AUBERT-ET Cie, LAVIGNE,

Place de la Bourse. Rue du Paon St-André, 1.

CHAPITRE PREMIER.

Ce que c'est que le débardeur.

Avez-vous suivi les travaux d'exploitation forestière? avez-vous vu les futaies de la Bourgogne s'acheminer mutilées vers notre frileuse capitale, où elles font leur entrée aquatique sous la forme de bûches, de falourdes et de cotrets? Chacun de vous, lecteurs, a rencontré dans les eaux de Corbeil, de Melun ou de Montereau, ce qu'un feuilletoniste romantique nommerait

un flot ou un palais flottant, et que nous dési
gnons tout bonnement ici sous le nom prosaïqu
et populaire de *train de bois*.

Ce train de bois, ce sol mobile, est une pa
trie pour une classe d'indigènes dont les mœur
réclament depuis long-temps un historien (avi
gratuit à messieurs les écrivains maritimes).
Là, des familles vivent et se multiplient ; là,
pendant le voyage, le feu éternel de la mate-
lote s'entretient vivace comme si la vestale du
bord obéissait à la règle sévère de l'ancienne
Vesta romaine.

Il y a des chroniques riveraines à ouïr, des
chants originaux à noter, des physionomies-
types à calquer.

A la halte, sur un des points de la courbe
coquette que décrit la Seine ; quand le train est
en amarre en vue du château de Saint-Assises,
ou dans les blanches eaux du Coudray, devant
l'hôtellerie de feu le père Oudinot, si renommé
de son vivant, par sa joyeuse humeur et pour se
lapins au vin, il y a fête, bal, quelquefois
noce ou baptême sur cette plage flottante, où
trente danseurs exécutant les danses bourgui-
gnonnes foulent un plancher qui mollit sur la
vague.

Quand le radeau est arrivé dans les eaux de
Bercy, voyez accourir vers lui une horde ou-
vrière dans le simple costume d'une peuplade
de sauvages qui vient visiter un steamer euro-
péen...

Ces hommes ont de larges épaules, des bras
nerveux sillonnés de muscles fortement sail-
lants; leurs jambes sans chaussures défient le
caillou de la grève; les hivers rigoureux,
leurs jambes sont ornées d'un bas de givre, et
et il pend de leurs bras velus des chapelets de
perles glacées, limpides comme des cristaux de
lustre, qu'on prendrait, avec un peu d'ima-
gination, pour de brillantes stalactites : ces
hommes-là sont les *débardeurs*. C'est à eux
qu'appartient le droit, moyennant un faible
salaire, de détruire pièce à pièce le grand édi-
fice fluvial, et d'amener toutes ses parties au
rivage, où elles passeront sous le joug de la
mesure métrique, pour de là se transformer en
cendres dans le foyer de la Lorette ou dans le
poêle du portier.

A l'époque où chaque classe sociale avait
pour ainsi dire son uniforme, la culotte de velours, la veste ronde, la longue ceinture de laine

rouge et le chapeau ciré à haute forme et à bords relevés indiquaient le débardeur.

Les désastres de l'Empire jetèrent beaucoup de vieux soldats dans les ports ; un grand nombre se firent débardeurs, et le bonnet de police, ce vieil ami du bivouac, remplaça pour eux le chapeau rond et devint d'ordonnance et de petite tenue. De nos jours, où l'esprit philosophique coupe tous les habits à la même pièce et les taille au même mètre, le débardeur est une des classifications sociales qui défend le plus valeureusement son costume contre les usurpations de la redingote et du pantalon; il se cramponne à sa ceinture rouge comme le soldat du Cirque-Olympique à son drapeau, et son vêtement est à peu près le seul que l'aristocratie, copiste du peuple, puisse adopter pour ses métamorphoses.

La Lorette qui a fait tout le tour de l'Europe en s'habillant et se déshabillant a essayé le béret de la laitière suisse,

La jupe de la marchande de balais alsaciens,

Le bonnet rouge du pêcheur du Lido,

La veste du pilote de l'Archipel,

La culotte du postillon de Longjumeau.

Aujourd'hui elle concentre toutes ses affections sur le *débardeur*; un costume de débardeur ferait partie essentielle de son trousseau de mariage, si la Lorette se mariait; mais le débardeur pur sang s'indigne et reproche aux imitateurs la mutilation sacrilége du costume primitif. La Lorette le brode, le parfume, l'enrubane; elle l'encadre de chrysocale et de

malines : elle n'est fidèle qu'à la sévère obser-
vance de la *pipe*.

Laissons les débardeurs de Bercy, et suivons
à la piste les débardeurs-Gavarni ; ceux dont le
spirituel crayon de l'artiste a traduit les joies,
les misères, les transformations, les amours.
Cette *Physiologie* n'est pas notre œuvre ; c'est
l'œuvre du dessinateur. Nous n'avons d'autre
prétention que celle d'un cicérone, dont le
mérite consiste à savoir expliquer avec plus ou

moins d'inspiration ce que l'art a produit de digne. On peut nous dire que le trait du dessinateur n'a pas besoin de commentateur ; qu'il parle, qu'il danse, qu'il boit, qu'il fume comme une Lorette naturelle. Nous avouerons que cette opinion est la nôtre ; mais nous nous justifierons par un aveu qu'on a le droit de nommer, à cette époque de carnaval, une *confidence de Polichinelle.* Les gravures de Gavarni ne donnaient que quarante pages ; le lecteur en réclame deux tiers en sus, aux termes de la charte du prospectus... Il a bien fallu faire de la prose... Que les lecteurs et Gavarni nous pardonnent ! Convive imposé au banquet de la collaboration, nous tâcherons, par quelques contes après boire, de faire oublier notre usurpation. Que le Dieu des parasites nous soit en aide !

CHAPITRE II.

Avant le bal.

§ I. LA PROMENADE.

Au bon vieux temps, le carnaval vivait dans la rue ; on louait les balcons vingt francs la place pour voir passer les masques, et, à cette époque, il y avait beaucoup plus de balcons que de nos jours : l'architecture économique a fait trop de progrès, pour perdre en plein air, un espace de deux mètres, dont elle peut tirer parti pour un cabinet de diplomate ou un boudoir de figurante.

Quand je dis le bon vieux temps à propos de carnaval, je ne veux pas reculer plus loin que l'Empire. Les carnavals précédents, je n'ai l'honneur de les connaître que par tradition. Sous l'empire, c'était une belle époque de bals et de fêtes. L'Autriche, la Prusse, la Hollande et autres payaient nos violons (il est vrai que depuis elles nous ont fait payer les leurs, et un peu cher). Sous l'Empire donc, je me rappelle avoir vu tout le corps d'officiers d'un régiment qu'on appelait, je crois, les *flanqueurs de la garde*, représenter processionnellement dans les rues d'Angers des épisodes mythologiques. On s'abordait trois mois à l'avance en parlant de la *barque à Caron*; c'est la dénomination qu'avait reçue la mascarade. L'épaulette, qui était un peu entachée d'aristocratie, avait fait fusion fraternelle pour le carnaval avec le frac bourgeois; le civil était ad—

mis aux jeux et aux joies du militaire; et le *pékin*, comme on disait alors pour désigner un homme à chapeau rond, eût-il été Cuvier, Chaptal ou Ducis, l'heureux pékin avait le droit de prendre un rôle dans la mascarade.

Bien long-temps avant le grand jour, on s'accostait en se questionnant :

— Êtes-vous de la barque ?

Nos professeurs nous disaient au collége : — Messieurs, il n'y aura que les dix premiers et les trois plus sages qui iront voir la barque à Caron.

Bien entendu que tout l'Olympe mythologique était groupé autour de la barque, qui, pour mieux naviguer sur le pavé, était assise sur quatre roues que les chevaux du préfet mettaient en mouvement.

Je me rappelle celui qu'on appelait alors le gros-major (officier taillé dans les proportions de Klein du Gymnase), il remplissait le rôle du nocher des morts; il avait sur l'épaule une *rame* de papier.

Les trois Parques étaient trois vivandières, dont deux enceintes.

Minos, Eacus et Rhadamante, les trois conseillers inséparables de la septième chambre infernale, votaient, au lieu de boules, avec des oranges, qu'ils lançaient à tour de bras dans les vitres et aux nez des dames. La musique du régiment jouait les contredanses de feu Julien, beau nègre qui était le Musard de l'époque.

De nos jours, je ne sache qu'une petite fraction de la France qui fasse encore des mascarades. Celle-là vaut la peine d'être dite ; la preuve, c'est que c'est la seconde fois que je la raconte.

Vous savez, ou vous devez savoir, lecteurs, que les villageois ont l'usage de placer dans les vergers et dans les vignes des épouvantails, afin d'effrayer les oiseaux parasites qui dînent du grain ou du fruit du voisin, et viennent faire leurs repas gratis.

Il y a des villageois qui effraient les oiseaux viveurs avec de vieux chapeaux de la République ou de l'Empire placés sur un échalas, ce qui de loin ressemble à une sentinelle phthisique ; d'autres font la chasse aux maraudeurs à l'aide d'un petit moulin que le vent agite.

Dans le département de la Sarthe, les habitants du bourg du Grand-Lucé ont renchéri sur ces moyens de vigie... Ils supposent que rien n'est plus propre à faire reculer qu'une physionomie repoussante (je crois, pour ma part, que le nez d'Odry sauverait plus de grains de blé que tous les épouvantails du monde). Cette opinion, qui paraît être celle des habitants du Grand-Lucé, les a décidés à s'assembler, vers l'époque du carnaval, au nombre de cent ou cent cinquante, tous à cheval, équipés et travestis burlesquement.

La troupe rurale vient se ranger en bataille devant la porte de *l'homme le plus laid* de la commune.

On le somme de comparaître.

Et, lui présent ou faisant défaut, on lui annonce que, son physique réunissant, dans ses détails et dans son ensemble, tout ce qu'il faut pour effrayer, on a jugé à propos d'appliquer son horrible figure à la protection des biens de la terre.

Un statuaire amateur prend alors une motte de glaise ou de terre; il confectionne, séance tenante, un certain nombre de figurines, bustes, statuettes, plus ou moins réguliers; il les baptise, leur concède pour un an le privilége d'effrayer les volatiles; et chaque propriétaire achète un ou plusieurs de ces épouvantails.

qu'on lui livre à un prix mis à la portée de toutes les bourses.

Et, pendant toute l'année, dans la commune, on dit : — C'est le père Jacques ; ou bien : — C'est Thomas ; ou bien : — C'est M. de ***, qui garde les *chenevières.*

Nous avons connu un sous-préfet que ses fonctions n'ont pu soustraire à la nomination d'épouvantail ; jamais les chenevis ne furent mieux gardés que par lui. Il est vrai qu'il était d'une laideur à faire fuir le pierrot le plus téméraire.

Aujourd'hui à la ville aucun masque, si ce n'est le bœuf gras, ne fait plus promenade ; et encore, s'il faut en croire M. Gisquet, le jour où il se trouvera un ministre assez intrépide pour signer la déchéance du bœuf-roi, l'Apis contemporain aura cessé de régner.

§ II. LA TOILETTE.

Le débardeur, dans la crainte d'être en retard, essaie son costume six heures avant l'ouverture du bal. Il fait l'inspection de toutes les

pièces du vêtement avec une sévérité de colo-
nel de garde nationale.

Si la veste a quelques cicatrices de la campagne précédente, il fait la reprise avec le soin
qu'on mettrait à cacher la blessure d'un cache-
mire.

Le pantalon a-t-il perdu de son lustre par
un séjour prolongé à l'oasis de la rue des
Blancs-Manteaux,... le débardeur le ravive par
un massage de mie de pain,... Mais les soins les
plus minutieux sont réservés pour la pose de la
ceinture.

Ce n'est pas petite affaire que de bien porter la ceinture de débardeur... Il y a tel débardeur qui, après dix ans d'étude, en est encore au rudiment de la ceinture.

Le débardeur doit avoir la taille de guêpe, c'est une des qualités physiques de l'espèce, et ce n'est pas petite affaire de serrer son abdomen.

Il faut un poignet de la force de deux chevaux.

§ III. L'ATTENTE.

Il est minuit ; Musard monte les degrés de son trône, tous les débardeurs vont être au rendez-vous... et un des fidèles n'y sera pas.

Une Lorette-débardeur attend un Arthur-peintre qui lui fait croquer le marmot dans son atelier. Voici le monologue auquel elle se livre, en dépit de ceux qui répudient la réflexion orale convertie à l'état de soliloque.

Gredin d'Édouard... où diable est-il ?.. il m'a dit qu'il allait acheter du tabac parfumé pour ma pipe. Plus souvent qu'il va acheter du tabac... c'est sûr qu'il est allé chez Clara... N'faut pas qu'il me fasse de ces farces là, Édouard, parce que je lui enverrai de l'huile de vitriol dans les yeux, moi... à sa Clara.

Ça m'est bien égal d'aller pour cela en cour d'assises, je connais tous les gardes municipaux. Il n'y en a pas un qui aura le cœur de me mettre les menottes... Si c'est chez Clara, elle verra... Je ne lui ménagerai pas son clerc de notaire... (Pause.) Ce pauvre chéri, il n'avait peut-être pas d'argent, et il sera allé *à la chasse*... Il a trop peur de me voir au bal toute seule pour ne pas s'arranger de façon à y être deux... (Pause). Oh que c'est sciant d'être là en place comme l'Obélisque... (elle se lève). Eh bien ! est-ce que cela ne va pas finir, cette captivité... je vais mettre ici tout en ré-volution, ça ne sera pas long... Je m'embête, moi... au milieu de tous ces carrés de toile barbouillée... Une tête de femme ébauchée...

sûr, c'est celle de Clara... Ah! je vais t'en

donner, des portraits à l'huile... vlan... Le débardeur se livre au vandalisme le plus outré,
non seulement sur le portrait de la rivale,
mais encore sur tout châssis qui porte une
physionomie quelconque... Il y a même un
tableau qu'il prend pour une copie de la Chau-

mière, il le transperce comme l'aérienne de
M. Franconi outre-percé au galop le transpa-
rent classique.

Édouard rentre en débardeur, accompagné
d'un monsieur vêtu en simple bourgeois... A
la vue du désordre et du sinistre, il pousse
un cri d'horreur... et lisant dans les regards
de sa panthère, il comprend sa position... —
Eh bien, Jenny, tu as fait là un beau coup!

— Père Durand, ajoute-t-il en se tournant
vers le bourgeois, quand j'ai eu recours à votre
bourse, je croyais mon atelier mieux monté ;
j'avais mon châlet suisse que je vous aurais
engagé pour trente francs, mais l'avalanche est
tombée sur lui...

— Ça, une vue suisse! dit Jenny, c'est donc
pas la Chaumière ?

— J'avais encore une Vierge, mais elle est
devenue martyre.

— Une Vierge, je croyais que c'était Clara !

— Que tu es donc bête, Jenny... ta jalousie
aveugle nous réduit à la plus profonde détresse.

M. Durand salue profondément sans laisser
aucuns capitaux ; on peut lire dans son regard
qu'il se croirait en droit de réclamer, pour
déplacement, des dommages-intérêts.

Les deux débardeurs privés de fonds social, menacés dans l'avenir du souper et voués à la circulation pédestre, renoncent stoïquemen aux joies du bal public; mais entendant un voisin qui exécute sur l'accordéon la valse de *Gustave*, le costume les inspire, ils font un avant-deux qui tourne au galop prolongé.

§ IV. RÉPONSE A UNE DEMANDE.

Pourquoi ne change-t-on pas la forme des bals ?

Il y a dix ans que le journalisme demande à chaque carnaval une réforme, comme il demande à chaque illumination du nouveau, il voudrait sans doute que de chaque lampion il sortît une houris bleue, rose ou verte...

Depuis quelques années que n'a-t-on pas tenté en faveur des bals masqués !

N'a-t-on pas essayé de tout ?

Arnal, travesti en maestro, a conduit un orchestre de mirlitons à l'Opéra.

L'Opéra-Comique a eu ses Fêtes vénitiennes, dans lesquelles on a montré des bonshommes de cire comme chez Curtius, et au milieu desquelles Musard et 99 musiciens étaient suspendus sur un pont; il faut dire aussi que dans cette grande, fête nocturne, on n'a jamais pu obtenir du chef d'orchestre qu'il quittât son habit pour se travestir en Italien. A tout ce qu'on put lui dire, il répondit :

Je suis Français, mon habit avant tout !

Peut-être le chef d'orchestre était-il encore sous l'influence du souvenir de certain couplet d'un vaudeville assez chauvin qui assure qu'

Un Français est mal à son aise
Sous un uniforme étranger.

Ailleurs on a fait jouer des loteries dans lesquelles on mettait pour primes des jeunes filles.

— Diable ! c'est un peu turc.

— C'était français à cette époque. On promettait au gagnant une vierge; et quand l'heureux favori du sort arrivait pour la réclamer, on lui tendait une copie de la *Fiancée* de Greuze.

Cette manière de se tirer d'affaire est un peu renouvelée de la phrase parfumée du sieur Comte, physicien du roi, de la république et de l'empereur... A chaque grande séance de magie il s'avance sur la rampe, et dit :

— Messieurs, à la fin de la soirée, j'escamoterai toutes les dames. (*On rit.*)

Deux heures après, le sorcier paraît, un énorme bouquet à la main, et dit :

— Messieurs, au commencement de la séance j'ai promis d'escamoter toutes les dames; en voyant ces fleurs dans ma main, qui de vous osera dire que je n'ai pas réussi? (*Tonnerre d'applaudissements.*)

Ma grand'mère a été escamotée ainsi par Comte, en 57, et depuis ce temps le sorcier a continué d'escamoter toutes les générations féminines.

Il fut question de dresser, il y a quelques années, un mât de cocagne dans le bal de la Porte Sant-Martin, et de mettre au bout du mât un morceau de pain d'épice et un coupon d'action, afin de laisser le choix à celui qui serait assez heureux pour gravir à la cime.

On a distribué des bouquets de papier peint aux dames; on a joué des parades, des proverbes; on a essayé des quadrilles de nymphes, de naïades très-peu vêtues : rien de tout cela n'a séduit les habitués... C'est le galop qu'il leur faut... c'est la voix stridente de l'ophicléide, les cris de la trompette, les cadences du piston... Aussi, tout ce qui n'est pas la danse nationale est un épouvantail pour les oiseaux du rnaval; et si l'Opéra n'avait pas fait une con-

cession sur ce chapitre, sa salle serait une thébaïde.

Cependant avouons que la troupe des amis du cancan est un peu moutonnière; elle, a répudié la plus belle salle de bal de Paris, la salle des débuts de Musard. Cet orchestre central, autour duquel tournaient et moutonnaient ces vagues de galopeurs, ces tribunes, du haut desquelles le gastronome contemplait en philosophe ce mouvement incessant, cette trombe électrique : c'était là un temple digne ; les dieux se sont retirés, et avec eux les religionnaires.

La Porte-Saint-Martin a eu aussi ses nuits joyeuses ; longtemps son enceinte fut le rendez-vous d'une bande. dont Rougemont était le chef. C'était le refuge de la bonne gaîté; c'est là qu'eut lieu la chasse aux pierrots que uous avons racontée dans le *Comic Almanack*, et que nous redisons encore pour ceux qui ne la connaissent pas.

Il fallait voir Rougemont avec son flegme, faisant un jouet de tout masque crédule, et prolongeant quelquefois pendant une semaine ou un mois une intrigue comme celle de Rigobert, qui appartient, je crois, à feu Martainville.

Or donc, pour en revenir aux pierrots :

Il fut dit que si, dans l'espace de vingt minutes, tous les pierrots, sans distinction de couleur, pierrots blancs, pierrots rouges, pierrots bleus, pierrots noirs, n'étaient pas hors du bal du théâtre Saint-Martin, sans cependant qu'on eût employé aucun moyen violent pour les en exiler, Rougemont perdait un souper de vingt couverts.

Il se mit à l'œuvre ; — il était minuit et demi.

Vêtu en bourgeois, il prit sous le bras un des membres de l'association et, se promenant dans le bal, il s'arrêtait derrière chaque pierrot ; puis, élevant un peu la voix afin que le masque fît attention à la conversation, il disait :

— Tu ne sais pas ce qu'il vient d'arriver au café établi dans le foyer? on vient de dérober un panier d'argenterie au limonadier...

— A-t-on pris le voleur?

— Non, mais on est sur ses traces; on sait que c'est un pierrot, et le commissaire vient de me dire qu'il allait faire arrêter et fouiller tous les pierrots qui sont dans le bal.

A cette confidence, faite à voix basse mais cependant de manière à être entendue du masque qui écoutait, il fallait le voir, le pierrot, quitter sa bergère ou sa Colombine, gagner lestement l'escalier, puis la porte, ou prendre sa course vers le vestiaire; se déshabiller rapidement, crainte des commissaires et de l'arrestation préventive!

De ce pierrot passant à un autre, Rougemont porta de quadrille en quadrille la panique: et à chaque halte on voyait un pierrot s'envoler.

Dans l'espace d'un quart d'heure on en put compter soixante qui quittèrent la salle.

Aujourd'hui on trouverait difficilement cette bonne gaîté que quelques hommes hors ligne, moins soucieux de leurs intérêts que ne le sont maintenant leurs confrères, avaient alors

mise à l'ordre du soir. C'est encore à Rougemont qu'est due la mystification des soupers
économiques.

Une nuit, le limonadier de la Porte-Saint-
Martin remarqua que la consommation était
bien plus grande que de coutume. Les convives
avaient assiégé les salles avant l'heure habi-
tuelle.

On entendait murmurer tout bas : « Dieu,
que c'est bon marché! »

— Garçon, un perdreau truffé! criait un Robert-Macaire.

— Garçon, deux perdreaux truffés! répli-
quait un Bertrand, qui ajoutait : « Je ne pro-
fesse pas un profond mépris pour les truffes.....
surtout quand elles sont à si bon compte. »

Un postillon (ceux de Longjumeau n'exis-
taient pas encore) étonné de trouver de l'aï
grand-mousseux à trois francs, tarissait la troisième fiole pour coup de l'étrier.

Un fort de la Halle en était à sa cinquième
omelette au rhum; il s'incendiait l'estomac, en se
demandant comment on pouvait pour 75 centimes arroser une poitrine d'homme avec de la
liqueur de la Jamaïque.

Il y eut un moment où toutes les tables furent

envahies, il ne restait pas la moindre place pour les postulants.

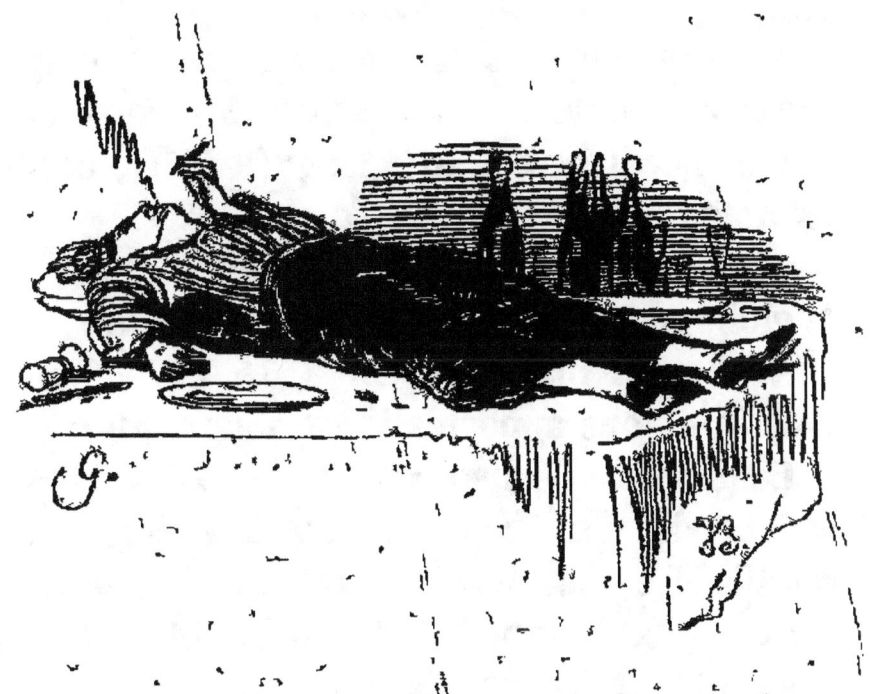

La voix du maître-limonadier s'éleva : « Allons, messieurs, un peu de complaisance ; que les personnes qui ont soupé veuillent bien laisser la place aux autres... »

Plusieurs personnes demandèrent la carte à payer.

Le garçon l'apporta, et les consommateurs firent un bond en poussant un cri de surprise.

— Garçon, il y a une erreur dans les prix !

— Non, messieurs.... veuillez calculer la carte.

Et les plaignants consultaient la carte et je-
taient de nouvelles clameurs.

— Vous voyez bien, garçon, que les mayon-
naises sont cotées 1 fr., et vous les marquez 3.

Les perdreaux sont marqués 2 fr., et vous
les notez 5 fr.

— Mais, monsieur, il n'a jamais existé sous
le globe, de perdreaux à quarante sous!

— Le vin ordinaire est à 75 c., et sur la
note que vous apportez il est à 1 fr. 50 c.

Le garçon s'échauffait, les convives récla-
maient de plus belle; le tumulte était à son
comble. Le commissaire arrive... il écoute les
deux parties contradictoirement, et il résulte
que toutes deux ont raison.

Les mystificateurs s'étaient procuré des cartes de restaurant en blanc; ils avaient fait dis-
paraître celles que le restaurateur avait chif-
frées, et ils avaient mis sur les leurs des prix
tellement minimes, que le moins prodigue des
viveurs éprouvait à leur vue le besoin de souper, et il soupait.

CHAPITRE III,

L'Entrée au Bal.

Où ira ce brelan de débardeurs?.. à quel bal donnera-t-il la préférence?.. Tous les bals publics ne sont-ils pas les mêmes, à quelques détails de mise en scène près?

L'Opéra s'était jadis réservé le privilége d'être la plus triste réunion carnavalesque de la capitale, il s'y faisait moins de bruit que dans les salles d'étude des sourds-muets.

Le chef d'orchestre aurait pu réclamer le titre de maître de chapelle.... A cette époque, Musard n'était pas encore inventé. C'était un cloître où l'on n'entrait que sous le froc du domino, et l'on n'y parlait pas plus haut qu'à la Chartreuse. Tout cela est changé, l'Opéra est aujourd'hui à la bacchante : c'est sa nue-propriété; et si elle ne porte pas encore au foyer, champ d'asile de l'intrigue classique, les hardiesses de sa danse échevelée, c'est qu'il faut réserver quelque chose à faire au progrès au risque de faire passer notre siècle marcheur pour une époque stationnaire.

L'avocat qui a dit à la septième chambre correctionnelle : Avant cent ans l'étude du cancan entrera dans l'éducation des sergents de ville et du garde municipal, comprenait parfaitement la marche des choses.

Ce qui distingue les bals publics, ce sont des nuances presque insaisissables. Partout le débardeur règne, il se fait le même partout, il a les mêmes allures, c'est le même type, à

l'organe près. Seulement, à l'Opéra, ses rubans
sont plus frais, sa perruque plus touffue,

Son velours est plus beau.

CHAPITRE IV.

Pendant le Bal.

§ Ier. L'INTRIGUE.

Nous sommes à l'Opéra. Il faut le dire, parce que le costume et le dialogue ne vous donneraient pas d'aperçu exact de la topographie.

Un débardeur féminin avise un monsieur qui se croit déguisé derrière un nez de carton, et qui donne le bras à un domino.

Le débardeur lui crie : — Dis donc, Oscar, le buraliste du bal n'est pas aussi bon garçon que le syndic de ta faillite, n'est-ce pas ?... il ne fait pas de remise de cinquante pour cent...

Le monsieur porte la main à son nez factice, sous lequel il sent son nez véritable se colorer d'une chaude teinte de pourpre. A ce moment, un domino reçoit un *gamin de Paris* à travers les jambes. L'indigène est tombé en gardant l'équilibre ; il se relève, et, plaçant les deux mains entr'ouvertes au bout de son nez en forme d'éventail, il crie : — Oh ! c'te tête !... Je la reconnais. L'amphithéâtre te l'a donc louée pour vingt-quatre heures ?

Un postillon de Longjumeau dit à un che de division du ministère... — Tiens ! t'as donc pris dix francs sur les fonds secrets, pour payer ta contremarque ? Voilà le spécimen du langage !

Nos grands-pères nous racontent comment, de leur temps, on *intriguait* à l'Opéra ; nos grand'mères sont plus discrètes sur ce chapitre,

Nous savons par tradition que c'était un grand plaisir que de surprendre par trahison de costumier, ou de femme de chambre, le secret d'un travestissement, et de venir dire à sa femme masquée ce qu'on n'aurait osé lui révéler de sa vie intime le visage découvert.

Il y avait des maris qui, pendant dix ans, se mettaient au lit la veille du jeudi-gras, se relevaient, entraient au bal sous un domino et venaient intriguer leurs propres moitiés qui, pendant dix ans, feignaient d'ignorer quel était le masque mystérieux, ou l'ignoraient véritablement. Il est vrai que souvent, et cela est commun avec les mœurs de nos jours, la femme pouvait être *intriguée* sur les détails de sa vie secrète par un autre indiscret que le mari.

Cette année, au bal de l'Opéra, car c'est toujours l'Opéra qu'il faut prendre pour point de départ dans les observations de mœurs carnavalesques, nous avons été témoin d'un perfectionnement sensible dans la manière d'intriguer.

Le comte de...., connu par ses libéralités et sa facilité à délier les cordons de sa bourse, fut accosté par un débardeur féminin.

— Comte, lui dit le travesti, donne-moi cinquante francs pour aller souper...

Le comte répondit par un sourire négatif.

Le débardeur répéta en haussant l'intonation : Comte, prends garde à toi ; si je n'ai pas mes cinquante francs, je vais dire tout haut le nom de celles à qui tu ne les refuses jamais.

Le comte se faisait encore prier.

— Une fois, deux fois, trois fois... les cinquante francs arrivent-ils ? dit le débardeur...

Aucun son métallique ne se faisant entendre, le débardeur allait dérouler la liste des Lorettes pensionnaires du comte ; déjà plusieurs noms et adresses avaient été révélés avec preuves à l'appui et commentaires, quand le comte jugea prudent de couper court à ces confidences publiques. Il transigea, appela le débardeur dans le couloir, et celui-ci descendit bientôt en plaçant une pièce d'or en guise de lorgnon à chacun de ses yeux... et chantant le refrain

J'ai d' l'argent...

Cette nouvelle manière de demander la bourse a paru plus lazzarone que débardeur.

Le style de la causerie *intime* du *bal masqué* n'a pas toujours eu ce parfum sauvage qu'on peut de nos jours lui reconnaître. On s'est beaucoup égayé il y a quelques années d'une intrigue dont le principal acteur était M. Romieu, aujourd'hui préfet, qui avait alors la profession d'*homme le plus gai de France*, bien qu'il portât la figure d'un phthisique au troisième degré. James Rousseau, l'ancien Pylade de l'Oreste de la Dordogne, a raconté, je crois, dans une Physiologie, comment M. Romieu donnant un repas, et la marée manquant, ainsi qu'au temps de Vatel, l'homme d'État y suppléa habilement. Il avait promis un turbot monstre à ses convives... Au relevé de potage, l'amphitryon, inquiet, sortit de la salle du festin, et quelques moments après deux domestiques apportaient une longue planche recouverte d'une serviette... Le voile fut levé par le chef d'office: et quel fut l'étonnement quand on aperçut, au lieu du turbot attendu, le fonctionnaire public entièrement nu, enfariné de la tête aux pieds, et couvert d'une couche de persil !...

Cette facétie, dans laquelle M. Romieu mit les rieurs de son côté, lui compta comme revanche de l'intrigue de bal masqué dans laquelle il fut victime.

En ce temps-là celui qui six ans plus tard devait être un grave magistrat était un vrai tourtereau qui roucoulait volontiers quand une blanche colombe lui apparaissait, fût-elle même cachée sous le froc d'un domino noir... C'est ce qui arriva à un bal de l'Opéra où se trouvait M. Romieu : il fut intrigué par un domino beurre frais ; le masque avait de l'esprit ; il maniait l'épigramme avec art, et lardait l'homme de plume aux défauts de la cuirasse...

Un symptôme trahit l'émotion profonde produite par l'apparition du domino.

M. Romieu perdit l'appétit pendant toute une semaine.

A un second bal, il revit l'inconnue et obtint la faveur de baiser sa main blanche.

A un troisième bal, le domino voulut bien accepter une bavaroise qu'il prit sans lever même la barbe de son masque.

Au quatrième bal, l'inconnue, vivement sollicitée par l'homme de lettres, qui ne parlait rien moins que d'aller bientôt coucher chez Pluton, voulut bien souper chez Véry.

Enfin l'heure du dénouement arrive... le soupirant tombe aux genoux du domino ; il lui offre sa main, sa fortune, ses vaudevilles :

dans ces moments-là, qu'est-ce qu'on n'offre pas!...

Il le conjure de montrer ses traits angéliques.

Le masque tombe, et M. Romieu reconnaît *Ferdinand Langlé*, son ami, son collaborateur.

La victime bouda plus d'un mois son confrère. C'est de cette époque que date l'invasion des mystifications.

Dans les bals masqués, la charge de Rigobert est contemporaine de la mystification Romieu. Voici le calque de la scène de Rigobert.

Un des affiliés frappait sur l'épaule d'un marquis, d'un Turc ou d'un Espagnol. Ces trois individualités, qui ont cessé d'être représentées dans les bals publics, étaient fort en vogue sous la restauration...

L'affilié frappait donc sur l'épaule du masqué, et lui disait tout bas :

— Tiens ! c'est toi, farceur de Rigobert... tu as donc quitté Limoges ?

Le MARQUIS, l'ESPAGNOL ou le TURC. — Tu te trompes, je ne suis pas Rigobert.

(*Plusieurs compères entourent le premier affilié, qui s'adresse aux nouveaux venus*).

— Vous qui êtes de Limoges, ne reconnaissez-vous pas monsieur ! vous voyez ce pied solide, à qui ce pied ?

TOUS. — A Rigobert, le fils du financier.

LE PREMIER AFFILIÉ. — A qui cette taille de père noble ?

TOUS. — A Rigobert.

LE PREMIER AFFILIÉ. — A qui cette main monstre, ces ongles en demi-deuil ?

TOUS. — A Rigobert.

CHŒUR GÉNÉRAL. — Allons, Rigobert, c'est toi... ne t'entête pas... lève ton masque.

Le marquis, le Turc ou l'Espagnol se débat, affirme qu'il n'est pas de Limoges, qu'il ne connaît pas même la route du Limousin ; mais les compères persistent à reconnaître ses formes et les inflexions de voix de leur compatriote.

Le masque offre de parier à souper, et il y ajoute :

— Messieurs, je vous fais juges vous-mêmes de votre méprise.

CHŒUR GÉNÉRAL. — Accepté... accepté...

LE TRAVESTI ôte son masque.—Vous voyez, messieurs, vous avez perdu, suis-je Rigobert?

TOUS. —Mais, certainement, tu es Rigobert, farceur, Rigobert plus que jamais, nous te reconnaissons.

LE TRAVESTI. — Messieurs, c'est sans doute un jeu bizarre de la nature, c'est déjà arrivé dans l'antiquité pour les Ménechmes ; mais je vous donne ma parole d'honneur la plus sacrée que je ne suis pas le Rigobert dont vous parlez.

Le chef de la société faisait des excuses au masque, et il ajoutait avec flegme :

— Monsieur, ce quiproquo est d'autant plus excusable, que vous ne ressemblez nullement à Rigobert, qui n'a jamais existé.

Il y a de braves bourgeois à qui vous enten—

drez dire, même de nos jours : Je vais aller me faire *intriguer*. Quand ce mot n'est pas synonyme de mystifier, il signifie aller apprendre ce qu'on sait déjà. *L'intrigue* est la contrepartie de l'horoscope.

Un masque vous *intrigue* en vous rappelant tout ce que vous avez fait ou dit ; c'est votre propre confession faite par sa bouche.

Presque toujours la mémoire de celui qui

intrigue est chargée de faits qui depuis long-
temps sont hors du souvenir de celui qui est
intrigué.

Il y a des dominos qui savent remonter jusqu'à l'époque de votre sevrage, et qui vous
demandent : « Aimes-tu encore le bibe-
ron?... » Ou bien ils vous parlent de vos premières amours, quand vous avez soixante ans,
et vous disent :

« Qu'as-tu fait d'Augusta? »

Ou bien : « Manges-tu toujours des petits
pâtés chez Félix? »

Ceux qui redoutent de pareilles allocutions
ou qui n'ont pas le don de la réplique impro-
visée, se dérobent aux questions à l'aide d'un
immense nez de carton derrière lequel ou plutôt sous lequel ils murent leur vie privée.

Le nez de carton est une institution de nouvelle date, l'empire ne la connaissait pas; sa
puissance est encore chancelante, le sarcasme
le bat en brèche : du reste, il n'est guère porté
que par cette classe infime qui n'a pas le cou-
rage d'avoir une opinion tranchée et de se pro-
noncer pour ou contre le carnaval.

§ II. LA DANSE.

Maintenant à la danse... la voici : sevrée de ses écarts et dans toute la franchise de son allure.

Malheur à qui se trouve sous la zone dans laquelle le débardeur tournoie en ce moment; autant vaudrait se trouver sur le passage du wagon. Le débardeur ne connaît rien ; il écraserait Musard lui-même, sauf à lui faire ériger après une statue en colophane.

Je comprends qu'un chef d'orchestre se prenne d'orgueil en voyant les masses qu'il galvanise.... la divinité qui a donné la raison à l'homme est presque détrônée par la puis-

4

sance qui , d'un coup d'archet, crée la folie dont elle règle à son gré les accès, les intermittences, le paroxysme et la guérison.

Il faut un pouvoir presque surhumain pour amener l'homme , par une phrase musicale plus ou moins bruyante, à exécuter la figure ci-dessous, que nous dédions à l'avenir,

comme un calque exact de la danse française
au 19° siècle.

CHAPITRE V.

Mousqueton, Carabine, Baïonnette, Sabredache et Coulevrine.

Toute gloire s'éteint : un peu plus ou un peu moins de temps pour effacer les traces d'un pas sage ; voilà toute la question. Le carnaval a ses célébrités, et le bœuf gras peut dire aussi à propos des grands noms de son règne :

Je n'ai fait que passer, ils n'étaient déjà plus.

Il y a peu d'années, quelques joyeux dissipateurs trônaient et étaient les rois des fêtes de nuit, les torches ardentes traçaient devant leurs chars des sillons de lumière, des coursiers panachés et enrubanés traînaient la cohorte et ses joyeuses bacchantes.

Il y a peu d'années encore, un noble étranger donnait, dit-on, la loi aux raouts du carnaval.

Partout où il y avait grand luxe et riche festival, on l'attribuait à lord S......

Et puis après est venu Chicard, espèce de Mazaniello qui a détrôné l'aristocratie pailletée des marquis, des sultans, et a montré le premier un manteau royal en haillons.

Mais déjà Chicard a perdu de sa popularité, sa gloire vieillit ; et la vieillesse en France, c'est la mort.

Le royaume du carnaval est tombé en quenouille. Sa loi salique est révoquée. Ce sont les femmes qui règnent. Comme à la mort d'Alexandre, l'empire est partagé entre les nombreux généraux. On a fait la monnaie de Chicard.

Et les reines populaires des bals masqués sont au nombre de cinq ; elles se nomment *Mousqueton, Carabine, Baïonnette, Sabreta-*

che, par corruption *Sabredache*, et *Coutevrine*: cinq noms de guerre qui cachent cinq individualités bien connues au pays des Lorettes.

Vous dire, lecteurs, quelle charte elles ont octroyée à leurs sujets ;

Vous dire l'étiquette de leur cour, les excentricités de leur langage ; décrire les arabesques de leur danse, est chose impossible au langage vulgaire : il n'y a que la poésie qui puisse traduire ces faits-là. Je recule devant la tâche.

N'attendez pas non plus une biographie, lecteurs, la vie de la phalène et du scarabée est insaisissable. Pour faire leur portrait, il faudrait que l'archet fût frappé de paralysie; car dès que Musard agite son petit bâton... nos cinq reines ne sont plus des êtres terrestres... elles ne touchent plus le sol, elles vivent dans l'espace : c'est la balle de caoutchouc mise en mouvement, l'arrête qui peut ; et, si vous l'arrêtez, tenez-la bien ; car, si elle échappe, elle frappe de nouveau la terre, et voilà les bonds qui recommencent.

Le joli petit être qu'on nomme *Mousqueton*, et qui est le chef de bande, affectionne le cos-

tume de *Titi*... Quelquefois on le trouve sous
la veste de pilote...

Mousqueton est le *titi* par excellence, c'est
le vrai gamin de Paris, avec sa gaieté, sa sou-
plesse, ses bons mots. Mais, il faut le dire avec
la franchise de l'historien voué à l'impartialité,
le *sans-soucisme* (mot nouveau que nous

adoptons par anticipation sur les arrêts de
l'Académie), le sans-soucisme manque à Mous-

queton pour être un gamin parfait. Mousqueton pense quelquefois à l'avenir, elle lui demande ce qu'il lui réserve : comme si ces sortes de questions devaient se faire à dix-huit ans.

Carabine avait, dit-on, renoncé à sa part de royauté, elle avait déserté le bal et s'était vouée au théâtre départemental. Le directeur avait fait son acte d'enrôlement de manière à se croire en droit de compter sur sa *Dugazon*. Jusqu'au 24 décembre, le directeur et la pensionnaire furent d'accord; mais le 27 décembre, le journal annonce le premier bal de l'Opéra.

Carabine quitte la scène au milieu d'un duo.

— Où allez-vous donc? s'écrie le directeur.

— Tiens, c'te bêtise! à Paris...

— Mais votre engagement.

— Expiré !

— Il est contracté pour toute l'année théâtrale.

— Eh bien, mon année théâtrale, à moi, commence le jour où les bals finissent, et elle finit le jour où les bals commencent. Si ce n'est

pas comme cela sur notre almanach , faites-en
fabriquer un autre.

Baïonnette est d'origine américaine, c'est un
anneau de la chaîne qui relie le cancan euro--
péen à la chica du nouveau monde. Baïonnette
fait école dans le cigare ; quand elle fume, ses
yeux ont une puissance magnétique qui fascine
les étourneaux les plus sauvages.

Sabretache ou Sabredache tient à la fois
de la chèvre acrobate et du singe funambule,
elle danse le cancan sur la tête ; et quand elle

ne trouve pas de siége dans un bal, elle s'assied sans façon sur la tête d'un débardeur.

La renommée de Sabredache est parvenue jusqu'aux sphères sociales les plus élevées. Dans une circonstance difficile,, une personne haut

lacée , l'apercevant dans la foule , dit un mot
ont Tallemant des Réaux eût tiré bon profit.
lais tout ce que nous pouvons faire en cette
irconstance pour le lecteur, c'est de déposer le
not chez l'éditeur de cette monographie , lequel
e charge de le répéter tout bas, et de le donner
omme *supplément gratuit* à chaque acqué-
eur d'un exemplaire de la *Physiologie du
Débardeur.* C'est un nouveau genre de *prime*
ont la librairie tirera peut-être un jour un
arti avantageux,

Demander *M. Aubert*, tous les dimanch
de cinq heures du matin à six heures un quart.

Coulevrine est de nouvelle création. Elle
n'a pas encore tout l'acquis de son emploi. Elle
est d'origine *sabine*. Sa popularité a encore
beaucoup à conquérir pour être au niveau de
celle de *Mousqueton*, de *Carabine*, de
Baïonnette et de *Sabredache*. Elle vient de
faire un héritage qui lui permettra de perfec-
tionner son éducation carnavalesque : elle est
recherchée en mariage.

CHAPITRE VI.

Chez le Commissaire.

Un vaudevilliste présente un jour une pièce
us le titre : *Mal noté chez le commis-
ire ;* il laisse son œuvre en répétition, émigre
ndant quelques jours sous le prétexte d'une
rtie de pêche à la ligne, mais en réalité

pour se délivrer de l'horreur des premières ré
pétitions, et huit jours après, quand il revient
le directeur lui apprend que son œuvre est sus
pendue *par ordre*. Cette formule laconiqu
porte en elle quelque chose de solennel qu
frappe d'atonie et permet à peine la réflexion
Je me rappelle encore l'impression que produi
sait sur moi, il y a quelques années, au Jardi
des Plantes, cette phrase placardée sur l'en
ceinte continue de la fosse aux ours :

PAR ORDRE, IL EST DÉFENDU, *pour la con
servation des animaux, de leur donne
à manger.*

Il a fallu que je lusse au moins vingt foi
cette consigne avant d'avoir conquis la libert
d'esprit nécessaire à l'analyse de ce factum ad
ministratif.

Mais revenons au vaudevilliste. Quand il eu
repris ses esprits (je ne dis pas son esprit, u
vaudevilliste n'a pas le droit de le perdre), il su
qu'un arrêt censorial mettait le veto sur so
œuvre.

Il fallut courir au ministère, et chemin fa
sant, l'auteur examinait sa conscience ave
une sévérité de trappiste : avait-il péché co
tre la morale ou la politique ? avait-il parl

réforme, sergent-de-ville ou gendarme? en faisant servir une salade à un de ses personnages, l'aurait-il nommée barbe de *capucin;* ce qui serait allégoriquement répréhensible aux yeux du clergé?

Un de ses personnages aurait-il dit à un autre: Tu me cherches *castille* (pour noise) ? Evidemment la diplomatie pourrait voir là une allusion à l'Espagne.

Le vaudevilliste apprit au terme de son voyage que c'était le titre seul de sa pièce que l'aréopage censurait.

— Comment, monsieur, vous voulez mettre sur une affiche... ces mots :

Mal noté chez le commissaire !

L'AUTEUR. — Je ne vois rien de répréhensible pour la morale, ni pour l'orthographe.

LE CENSEUR. —Et pour l'ordre public, monsieur... comment une réflexion bien naturelle a-t-elle pu échapper à un homme aussi spirituel que vous (le vaudevilliste s'incline), aussi bien élevé que vous (seconde salutation du vaudevilliste)... Il fallait mettre pour titre :

Mal noté chez monsieur le commissaire.

L'AUTEUR. — C'est bien long... et la typographie?

LE CENSEUR. — Il s'agit bien ici de typographie ! C'est à l'éducation du peuple qu'il faut songer. Comment voulez-vous qu'il s'habitue à dire *monsieur le commissaire*, quand il aura lu pendant trois mois votre affiche ?

L'AUTEUR. — Et bien, messieurs, va pour *Mal noté chez monsieur le commissaire*. Mais si vous tenez à votre idée, je tiens à la mienne, ce sera bien laid en typographie.

Avant de se retirer, l'auteur demanda s'il avait le droit de changer de titre.

L'aréopage causa un moment à mi-voix, comme les conseillers de cour royale qui s'invitent tout bas à dîner ou au spectacle, ce qui fait très bien la charge d'une conférence judiciaire sur les faits de la cause.

Et les censeurs répondirent Oui, à l'unanimité.

Le lendemain, l'affiche annonçait l'œuvre sous le titre : *Mal noté dans le quartier*.

Que conclure de là, lecteur ?... quel point de comparaison l'anecdote a-t-elle avec le bal masqué ? Le point de comparaison, le voici. L'autorité étant essentiellement chatouilleuse, et ses fibres d'amour-propre étant d'une sensibilité

indicible, il faut, surtout à l'époque du carnaval, éviter de froisser son épiderme. J'ai un ami
qui, depuis quinze ans, a toujours eu les meil-
leurs places aux fêtes publiques. Là où la foule
se presse il y a toujours un petit angle qui semble réservé pour lui, comme une stalle louée en
plein vent. Et tout son secret c'est de savoir
ôter à propos son chapeau et d'illustrer chaque
individualité à laquelle il se recommande, de la
qualification qu'elle n'a pas l'habitude de rece-
voir du vulgaire.

S'il veut pénétrer aux assises que les curieux
envahissent... il dit : *Monsieur* le garde municipal, permettez-moi de passer.

Pour lui, les magistrats en chapeau à cornes
sont *messieurs* les sergents-de-ville ; et je ne
puis vous dire toutes les faveurs qu'il obtient.—
A la translation des cendres de Napoléon, il était
appuyé sur le fauteuil de l'archévêque de Paris.

L'humilité est le passe-partout qui ouvre bien
des portes, et souvent en carnaval elle pourra
fermer celle du violon.

Débardeurs pris en flagrant délit de danse
prohibée : quand la main répressive de l'argus
des bals vous aura appréhendés au collet, prenez
une figure contristée ; ne faites pas de révélations,

mais faites des aveux sur vos propres fautes.

Au lieu d'appeler le sergent de ville sicaire, janissaire, comparez-le au bon pasteur, flattez-le, appelez ses fonctions une magistrature; si vous êtes très-hardi, nommez-les un sacerdoce et vous verrez pleuvoir sur vous, dans ses rapports, la rosée des circonstances atténuantes.

Chez le commissaire, c'est-à-dire chez *monsieur le commissaire*, même jeu, même gain.

Comme à toute règle il y a exception, je ne nierai pas qu'il se présente quelquefois d'heureuses circonstances où l'homme peut se montrer à son juge dans cet état de noble orgueil de lui-même que la créature doit concevoir quand elle se croit faite à l'image du Créateur, même en costume de Robert-Macaire.

Voici ce qui arriva un jour à un débardeur très-connu dans Paris, chez un commissaire de police jadis viveur et qui avait été très-connu aussi par les débardeurs de son temps.

Le débardeur pris dans une lutte après bal, est amené chez le magistrat...

Et voici le résumé de l'interrogatoire de l'accusé :

LE COMMISSAIRE. — C'est encore vous, monsieur Adrien, qui venez ici?...

LE PRÉVENU. — Je dirai comme Jacques le fataliste, monsieur le commissaire : sait-on où l'on va? J'étais parti avec l'intention de souper sans danser, et j'aurai peut-être dansé sans souper...

— Voici la cinquième fois qu'on vous amène à mon bureau depuis le commencement du carnaval, et il n'y a que trois jours qu'il est commencé.

— C'est vrai, monsieur le commissaire, mais vous me rendrez cette justice, que c'est toujours pour la même chose. Je suis un martyr de l'apostolat... je me ferais couper en quinze avant de céder un principe... même en matière de combat au chausson... On sait combien je suis chatouilleux sur cet article... et toujours on m'attaque.

— Il ne faut pas répondre.

— C'est bien facile à dire cela, monsieur le commissaire ; est-ce que l'homme est maître de ses sens et de son sang? Ceux qui disent que les sens se répriment... c'est qu'ils n'en ont plus... qu'en pensez-vous ?...

LE COMMISSAIRE. — Nous ne sommes pas ici pour discuter ces sortes de choses...

Vous n'êtes cependant pas très-fort sur votre arme, monsieur Adrien.

ADRIEN. — Sur le chausson? (Le prévenu

comme électrisé fait un bond sur lui-même, et retombe à la position d'escrime populaire que vous voyez.

Le commissaire ne paraît pas ému... il promène froidement le regard sur l'exécutant, qui reste le corps immobile et fait manœuvrer ses bras comme le télégraphe quand les signaux se succèdent rapidement.)

LE COMMISSAIRE avec flegme. — Votre garde est mauvaise.

LE PRÉVENU. — Ma garde, c'est celle de Leboucher...

LE COMMISSAIRE. — Alors vous l'exécutez mal...

LE PRÉVENU. — Oh ! si vous n'étiez pas commissaire ! ! !

Mais venez donc… venez donc… je voudrais vous faire immédiatement toiser l'asphalte.

Comme le vieux lion qui voit passer près de lui une gazelle, rugit et s'élance après elle; de même le commissaire franchit l'hémicycle qui lui sert de prétoire : il n'a rien perdu de sa force et de son agilité, qui, avant la révolution de juillet, lui avaient acquis le sobriquet populaire de *Maître à tous*.

Il se place en ligne, mouline peu, bondît beaucoup, et un bruit sourd annonce bientôt que celui qui a porté le défi est vaincu.

Le débardeur se relève et saute au cou du commissaire, en le conjurant de lui montrer la botte secrète qu'il vient de lui porter.

Et le commissaire revient pour un moment à ses premières études, à ses premières amours.

Malheureusement pour messieurs les débardeurs, la réforme a frappé le commissaire dont je viens de parler; maintenant il fait des éducations en Russie.

J'ai vu quelquefois aussi attendrir un sergent de ville, au moyen d'une petite ruse stratégique qui peut être renouvelée au besoin; mais il ne faut expérimenter que sur un vieux soldat, c'est-à-dire qu'il faut se hâter de mettre notre prescription en pratique : car le vieux soldat disparaît tous les jours, je parle du vieux soldat auquel est applicable le fait que nous allons convertir en doctrine.

Débardeurs, si vous vous livrez à la danse prohibée par M. Delessert, faites en sorte de vous placer en vue d'un vieux sergent de ville à qui vous aurez demandé préalablement s'il a été de la vieille armée. S'il répond affirmativement, mettez-vous en place, hasardez quelques passes un peu mouvementées... Si le sergent de ville vous interpelle.... cessez et dansez avec la chasteté d'une fleuriste qui se marie aux Vendanges de Bourgogne.

A la fin de la contredanse, approchez-vous du sergent de ville et dites-lui :

— Je vous demande pardon, mon brave, de m'être exposé à me voir rappelé à l'ordre...

— J'exécute ma consigne.

— Je ne vous blâme point, au contraire; mais c'est une consigne qui doit être pénible pour vous, ancien soldat de l'empire.

— Pourquoi cela ?

— Je parie que vous ne vous êtes jamais

rendu compte du motif qui fait proscrire la danse en question?

— Le motif...

— Oui... eh bien, mon brave, je vais vous le dire : le cancan est originaire d'Egypte, il nous vient des Pyramides, du Caire et du pays des crocodiles.

— Possible.

— On ne le danse pas régulièrement comme ici ; mais quand l'armée du général Bonaparte débarqua sur le Nil, elle prit les allures de la danse nationale : plus tard une partie de nos braves passa en Italie, une autre partie bivouaqua en Espagne ; et dans ces pays la danse du troupier se mélangea de nouveau et prit un peu des divers caractères de chaque localité. Je me rappelle avoir vu aux fêtes de Ruel, de Courbevoie et de Nanterre, les vieux grognards de la garde, ils balançaient leurs corps de droite à gauche avec un mouvement beaucoup plus marqué que celui du tambour-major en marche... et qui ne ressemble pas mal à un ballon au départ... Les tambours et les fourriers de la jeune garde, qui sont les Vestris des régiments, marquèrent davantage encore le mouvement... Ils furent les premiers pères du cancan, qui a pris un peu de son cachet à tous les peuples : comme les vieux troupiers leur ont pris un peu de leur vin et de leurs épouses.

— Un peu beaucoup... répondra le sergent de ville.

— Eh bien ! si on ne veut pas que la danse en question se propage, c'est que le pouvoir est ombrageux (cette phrase sera dite à basse voix), il craint tout ce qui sent l'empire, les pays de conquête.

— Mais on a bien apporté l'Obélisque.

— Ça ne danse pas, cela, mon brave, et le gouvernement sait bien qu'il ne prendra envie à personne de se construire de grands tuyaux sur ce modèle, à moins que ce ne soit pour les fabriques de gaz hydrogène; mais la danse, le gouvernement voudrait en avoir une à lui, une qui fût le type de l'époque... Nous avons bien la Robert-Macaire, mais c'est encore de la contrefaçon du cancan d'Égypte, ça remonte à vous autres dont on ne veut plus... on vous trouve trop vieux, trop cassés, trop perruques, trop Chauvin... voilà pourquoi on proscrit le cancan.

Après cette chaleureuse improvisation vous pouvez reprendre votre place au quadrille... et

vous êtes sûr que le sergent de ville ne vous
inquiétera plus de son regard inquisiteur...
vous n'aurez plus devant les yeux l'horizon du

VIOLON.

CHAPITRE VII.

Souper.

our le *débar-
deur*, souper est
la première con-
dition de l'entrée
au bal ; sa gymna-
stique nécessite
une fréquente ré-
paration de for-
ces. Pour la
pléiade de domi-
nos roses, bleus,
noirs, jaunes et
tricolores, sou-
per est un devoir
de religion ; c'est
au repas de nuit que la divinité se révèle,
qu'elle se communique aux mortels, qu'elle

les initie à quelques-uns des mystères de son culte.

Une Lorette avait attaché, l'année dernière, sur son dos, cette légende significative :

On désire souper.

Les amphitryons ne manquèrent pas. Dans nos bals la fraternité est arrivée à un point de fusion et d'expansion telle, que la vie en commun s'y pratique sans gêne et sans étiquette.

Le titi féminin prend un débardeur masculin sous le bras, et lui demande à souper, comme ailleurs on demande une prise de tabac.

Le souper est comme le séjour en diligence, il n'engage à aucune relation sociale au delà du banquet; et de même qu'un *compagnon de route*, qui vous a comblé d'attentions depuis Paris jusqu'à Bayonne, vous salue à peine après votre arrivée, de même l'hôte et l'invité des agapes de carnaval se rencontrent en carême et passent, indifféremment, comme deux êtres qui sont totalement inconnus l'un à l'autre.

Le domino pousse souvent le sans-façon jusqu'à refuser de payer son écot par l'exhibition de sa figure ; de manière que sur le sol parisien, où le sous-jupe Oudinot fonctionne avec tant d'art, on est, à chaque carnaval, exposé à payer à souper à sa grand'mère.

Il y a des dominos qui acceptent à souper sous condition de rester muets.

Pour le coup, le péril est encore plus grand ; vous êtes exposé à souper en tête-à-tête avec un garde du commerce ou un garde municipal travesti.

· Heureusement ces réserves faites par le convive ne sont pas de tenue générale, et pour un domino qui mange barbe rabattue comme un franciscain, et silencieux sous le froc comme un trappiste, il y en a neuf cent trente-trois qui jettent le masque au vent et chantent la cloche du village en buvant le champagne.

PREMIÈRE NOTE.

La cloche du village est une onomatopée-romance dans laquelle le son de la cloche est imité par le chanteur ; à chaque coup du battant, il faut qu'un verre de champagne soit ingurgité.

DEUXIÈME NOTE.

Ingurgiter un verre de champagne, c'est le jeter de six pouces de haut dans la gorge à l'im-

star de petites missives lancées dans la gueule
béante de la boîte aux lettres.

TROISIÈME NOTE.

Un domino de moyenne force ingurgite dix
verres de champagne pendant la susdite ro-
mance ; il y a des débardeurs qui vont jusqu'à
vingt , ils ingurgitent deux fois pendant une mesure du chant ; mais, pour ne pas être en retard, la position semi-horizontale est préférée
par eux à la position verticale.

L'ingurgiteur se couche sur la table, et il est vrai qu'il n'est pas rare de le voir couché dessous un moment après.

Il y a quelques années, un directeur de théâtre avait inventé le moyen suivant d'attirer le public à un bal masqué.

Une loterie se tirait dans le bal, et cent vingt numéros avaient droit à une place d'un banquet qui devait être servi dans un des foyers.

Les billets d'hommes, étant les seuls payants, étaient les seuls reçus au festin.

Les hommes admis au gala avaient le privilége d'offrir leur place à une dame, et c'est sur cet acte de fine galanterie que le directeur avait appuyé son opération.

Quinze jeunes dominos, dévoués aux intérêts directoriaux, et instruits par le spéculateur, furent lancés contre les possesseurs des billets.

« Offre-moi à souper, » disait le domino au porteur du coupon ; et comme la façon la plus économique était de donner son billet, en moins de deux heures les cent vingt billets passèrent dans les mains des sirènes et remontèrent, comme le Nil, vers leur source : c'est-à-dire

qu'ils rentrèrent dans les mains de l'adminis-
tration.

Le prévoyant directeur avait fait un marché
avec un restaurateur voisin, et lui avait demandé un souper de dix francs par tête ; mais à
la condition de lui dire à une heure du matin
seulement le chiffre des personnes.

Vers deux heures, le régisseur est envoyé
vers le restaurateur et lui remet une lettre
que celui-ci, après lecture, ne semble pas comprendre. Il vient lui-même au bal, et dit au directeur :

— Vous avez écrit le mot *personne !* mais
vous avez oublié de mettre devant le chiffre...
Est-ce cent ou cent vingt personnes qu'il faut
servir ?...

— Je vous ai écrit :

« Personne, »

répond le directeur ; c'est-à-dire que personne
ne soupe, et que vous pouvez vendre vos pou-
lardes, vos galantines, vos bayonnaises aux débardeurs et vos autres pratiques.

Le restaurateur baisse un peu l'oreille ; mais
le directeur se ravisant commande un repas de
quinze couverts à trois francs par tête pour les
quinze dóminos, ses agents de perception. Sans

compter le prix des billets de ceux qui vinrent avec l'espoir d'un bon lot à la tombola du souper,

Le directeur gagna à ce petit coup de Bourse :

120 soupers à 10 fr.	1200 fr.
A déduire : 15 soupers à 3 fr.	45
A mettre en caisse.	1155 fr.

Il ne faisait pas tous les jours d'aussi belles recettes.

Un type de carnaval qu'il ne faut pas laisser échapper, c'est celui du *débardeur* solitaire ou soliphage ; cette individualité, qu'on retrouve sous plusieurs costumes, se montre même sous l'habit de pierrot, bien que le pierrot ait l'habitude de vivre en *compagnies*.

Le masque solitaire semble un reclus au milieu du monde. Le matin du samedi gras il se costume, rôde dans son quartier et reçoit avec flegme les allocutions bruyantes des moutards de l'arrondissement. A deux heures le masque solitaire prend un cabriolet de place, et il parcourt la ligne des boulevards depuis la Madeleine jusqu'à l'Éléphant. A minuit il entre au bal masqué, se mêle au galop et danse seul.

Après le bal il soupe en tête-à-tête avec lui-
même; quand le garçon du restaurant lui demande combien il faut de couverts, il n'a pas
l'air de comprendre qu'on puisse se mettre jamais plus d'un à la même table.

C'est ce qui a valu à cette individualité le
surnom de soliphage.

CHAPITRE VIII.

La sortie du bal.

ourgeois, faut-il un quatre-roues? Mon domino veut-il que je fasse avancer son équipage?

Qu'est-ce qui demande un milord, une citadine? Voilà, voilà, notre maître... notre général... notre député. Voilllà!

C'est le cri du courtier en plein vent qui, à la sortie du bal, fait la commission du coupé, du fiacre, du tilbury et de toutes les locomotives de la grande et petite propriété.

Les flots de paillasses, de pêcheurs napoli-
tains, de titis, de débardeurs roulent sur eux-
mêmes; il y a haute marée, les flots vous por-
tent jusqu'au vestiaire : la buraliste seule a le
don de débrouiller la confusion des langues. Le
bureau des cannes de la tour de Babel ne devait pas être plus difficile à tenir.

— Commissionnaire, dit un débardeur féminin, demandez la voiture du duc de...

— Fifine, tais-toi... tu m'as promis de res-
pecter mon incognito.

— La livrée est couleur...

— Mais tais-toi donc...

— Il y a sur les panneaux...

— Si tu achèves, je ne sors plus avec toi.

— Oh! que c'est sciant de ne pouvoir pas
dire avec qui on est!

— Dis donc, Clara, si nous rentrions souper
sans façon chez nous...

— Ah ben non... moi je veux souper au café
Anglais.

— Alors nous irons à pied, il fait un temps
superbe.

— Merci, à pied! c'est bon dans le carême;
au carnaval, il faut rouler.

Cocher...

— Voilà, notre bourgeoise!

— Farceuse d'Augustine, où peut-elle être...
dit un gros papa qui gratte son nez de carton.
Elle m'a dit : Si tu me perds, tu me trouveras
à la porte... Ohé... ohé... Il a jeté son mouchoir
en reconnaissant un petit pilote qu'il hêle....
Mais on ne répond pas à ses signaux... Le nez

de carton donne la chasse au pilote , qui navigue en la compagnie d'un fort pirate de l'Archipel et fait force de voiles pour échapper.... Gustine! Gustine! crie le poursuivant... Le petit pilote ne répond à aucun salut, le hardi bourgeois pousse la familiarité jusqu'à lui jeter le grappin ou plutôt la main sur l'épaule. Cette manœuvre coûte à l'agresseur son nez de carton, que le pirate de l'Archipel un peu brutal dans sa manœuvre se croit en droit de lui prendre.

Je me serai trompé, dit le bourgeois, Augustine n'aura pas pu venir au bal , elle est malade. Le lendemain il va s'informer de la santé du pilote; mais le premier objet qui le frappe et qu'on n'a pas pensé à dérober aux regards, c'est son nez qu'il a perdu la veille: il en fait la remarque, il conte l'aventure.

La Lorette dépense beaucoup de logique pour prouver que ce meuble a été oublié chez elle par une marchande à la toilette qui expédie en Amérique des nez d'occasion.

— Tiens, tiens, c'est une bonne idée, dit le bourgeois rassuré et riant de la bizarre destinée des choses humaines; il se dit : Qui sait si mon nez de cette année ne servira pas l'année prochaine au président Boyer? quel honneur !

A la sortie du bal il y a quelquefois pacte entre deux débardeurs, ils s'en vont souper l'un portant l'autre.

Une *sortie de bal* a eu, il y a quelques années, une grande influence sur une destinée humaine.

Le marquis de G..... était descendant d'une famille princière de Hongrie, et un mariage avec une très riche héritière devait être la conséquence de la preuve héraldique qu'on exigeait de son blason.

Le noble fiancé avait chargé deux jeunes généalogistes de lui dresser un arbre patrimonial avec tous ses rameaux et leurs greffes authentiques.

Le travail se faisait par les deux écrivains au moment des jours gras. Il prit envie aux deux jeunes gens d'aller au Prado.

Le marquis était le mécène naturel de ses

deux scribes ; il leur fit visite ce jour-là, mais, par hasard, sa bourse, toujours pleine quand il entrait chez ces messieurs, se trouva vide : le marquis allait dîner à la campagne et ne devait revenir que le soir.

—Entrez au bal, dit-il aux deux généalogistes... je serai de retour pour l'heure à laquelle on soupe, et je vous apporterai la provision de manne nécessaire.

Les deux jeunes gens louèrent un costume de pierrot et un débardeur, et firent nuit joyeuse au Prado. L'heure du souper vint, et le mécène n'arriva point. Les deux amis avaient tellement espéré en lui, qu'ils se trouvaient dans l'impossibilité de reprendre chez le costumier leurs habits qu'ils avaient laissés en échange des travestissements.

C'était le mardi gras. Quand il fallut sortir à jeun du bal, le mercredi des Cendres était déjà commencé ; et le débardeur et le pierrot rentrèrent au logis un peu attristés : puis, pour se distraire du désappointement, ils se mirent à l'ouvrage. Mais la lignée de leur patron ne leur parut plus aussi authentique que la veille, les faits opposants venaient à chaque instant leur inspirer des doutes, des hésitations... La foi était ébranlée, et, au bout d'une heure, Pierrot demandait au débardeur :

— Sera-t-il ou ne sera-t-il pas descendant des rois de Hongrie?

Ils allaient peut-être trancher cette grande question par une partie de dominos, quand le marquis, bien inspiré, entra et rappela, par le son métallique, les mânes de ses nobles aïeux qui apparurent au pierrot et au débardeur comme témoins irrécusables dans le procès généalogique. Deux heures plus tard, le marquis n'avait plus à présenter à sa fiancée qu'une savonnette à vilain.

Manquez donc de parole aux généalogistes !

CHAPITRE IX.

Les portiers.

ous vivons à l'époque du carnaval, occupés de nos projets et de nos fêtes, sans faire un seul retour charitable sur les tribulations d'une classe nombreuse dont les membres sont les ilotes de cette époque de joie. S'il est un être bipède qui appelle de tous ses vœux le carême, et qui lui demande le cordon avec instance, afin d'entrer se reposer dans son sanctuaire, c'est l'homme qui veille à la porte cochère du domicile privé. Le concierge, puisqu'il faut l'appeler par son nom, doit être, par sa nature, l'ennemi du bal masqué. Je parle ici du concierge qui regarde le cordon comme une fonction de paix et de retraite, du concierge-type qu'on découvre encore aux environs de la place Royale et dans l'île Saint-Louis.

J'en connais un qu'aucun argument n'engagerait ou forcerait à tirer le cordon passé minuit. Heureusement la maison qu'il gouverne est habitée par de paisibles locataires qui rentrent à onze heures; mais, une fois, il est arrivé qu'un retardataire est revenu au logis après l'heure fatale sonnée, et le dialogue suivant s'engagea entre le locataire et le concierge.

LE LOCATAIRE *frappant à tour de bras et appelant à se rompre le larynx...* — Êtes-vous donc sourd, père Bernard !

LE PORTIER. — Il n'y a pas de père Bernard à cette heure-ci. Je suis couché, ma femme aussi, bonsoir.

LE LOCATAIRE. — Mais vous ne me reconnaissez donc pas !

LE PORTIER. — Après minuit, je ne reconnaîtrais pas même mon fils.

LE LOCATAIRE. — Je suis Laduréau, l'employé à la Ville.

LE PORTIER. — C'est possible.

LE LOCATAIRE. — Ouvrez-moi.

LE PORTIER. — Non.

LE LOCATAIRE. — Pourquoi ?

LE PORTIER. — Parce que... supposons un moment que vous soyez M. Ladureau.

LE LOCATAIRE. — Mais, oui, je le suis.

LE PORTIER. — Supposons un moment que vous soyez monsieur Ladureau ; naturellement vous me direz en entrant : — Merci, père Bernard, de votre complaisance ; et dans quelques jours, quand vous serez en société, vous vous direz : — Le père Bernard m'a ouvert une première fois, il m'ouvrira bien une seconde, une troisième, une quatrième fois... Pour éviter cela, je n'ouvre pas.

— Mais, malheureux, il fait un froid atroce !

— Ce n'est pas ma faute.

— Vous allez me faire attaquer, piller, égorger.

Le père Bernard était déjà rentré dans sa cellule, et le patient locataire se résigna à aller chercher un refuge chez un ami.

Le concierge, dans les quartiers plus civilisés, a bien quelquefois de ces boutades, mais

Bientôt un propriétaire vend sa maison, un second propriétaire fait de même... Un troisième, un quatrième ont des successeurs... La population se renouvelle; chaque nouveau colon s'habitue à voir le concierge et ne pense pas à demander de qui il relève.

Bientôt les petites dissensions viennent troubler la paix de la colonie. C'est le sort de tous les États naissants. Le concierge prend parti pour un des camps, et quelquefois il forme un camp isolé et tente une usurpation en son nom. Comme il sait qu'il n'a à redouter que les foudres de la majorité, il prend ses victimes dans la minorité; oh! alors, il se donne du despotisme à cœur joie. Il passe à côté d'une fraction de propriétaire sans se découvrir, sans ôter son feutre.

Si le locataire revient tard de Paris, le concierge de la villa se couche de bonne heure et le laisse à la grille, sans même descendre au refus motivé comme le portier de la cité.

La fraction de propriétaire assemble les membres de la république; sur vingt-quatre il y en a quinze qui déclarent que le portier de la villa est plein d'égards et de prévenances, et qu'on lui devrait plutôt un obélisque que des reproches. Reste donc neuf victimes que le portier de la villa garde pour les menus plaisirs de ses petites vengeances. S'il y a désunion entre lui et un de ceux qui votaient pour lui, vite il opère un rapprochement avec un de ceux qui votent contre, et il tient toujours sa majorité. Bien des hommes d'État pourraient aller avec fruit à l'école chez le concierge de cette villa qui est près du pont de Grenelle.

Mais revenons aux concierges de Paris. Il y en a qui exercent un tel despotisme sur le locataire habitué au joug, que celui-ci n'ose pas se permettre plus d'un bal masqué par semaine. J'ai entendu une portière dire à un clerc de notaire :

— Monsieur Édouard, si vous avez un bal cette semaine, arrangez-vous pour qu'il soit le mardi, parce que les locataires du second et du troisième en ont un ce jour-là, et je ne suis pas d'humeur à attendre une autre nuit.

Le locataire timide est obligé d'adresser une pétition à son portier s'il veut avoir deux ou trois vacances nocturnes dans une huitaine.

Le locataire orgueilleux ne dit pas à sa portière : — Je vais au bal ; il dit : — Je ne rentre pas ce soir ; et à deux heures du matin il va se jeter dans les bras d'un fauteuil, chez un ami,

ou d'autres s'étendent sur le tissu d'un tapis Sallandrouze, et

d'un lit plus doux ils rêvent le duvet.

CHAPITRE X.

Le débardeur de la rive gauche de la Seine.

Le spirituel auteur de l'Almanach de la *rive gauche* de la Seine dit que si cette rive représente quelque chose dans la France, c'est le midi, tandis que l'autre rive représente le nord. Le beau temps, les tièdes zéphyrs qui vont sécher les rues de la rive droite, quand ils peuvent pénétrer dans ses babels à dix étages, l'été enfin, tout cela vient par la rive gauche. Le climat est beaucoup plus chaud à la barrière d'Italie qu'à celle de la Villette.

Le cosmographe aurait pu prendre à l'appui de son opinion la comparaison des natures juvéniles des deux rives ; n'est-ce pas le sang bouillant du Midi qui fume dans toutes les têtes des indigènes du Luxembourg ! la grisette, au travail près, n'est-elle pas plus comparable à l'Andalouse que la Lorette ! Voilà pourquoi la rive gauche de la Seine a son Prado comme Madrid a le sien. Et bien que l'auteur précité dise : Quand la rive gauche se couche, la rive droite se lève, met du fard, retrousse sa jupe pour sauter les ruisseaux et montrer sa jambe ; il conviendra qu'à l'époque du carnaval la prude rive gauche se permet aussi d'exhiber ses tibias avec beaucoup de laisser-aller... A cette époque la rive gauche engage avec la droite une lutte de concurrence acharnée.

La Lorette sait qu'il y a bal au Prado, la griselle ne sait pas qu'il y a bal à l'Opéra. Elle ne passe les ponts, pauvre déportée qu'elle est par la loi du besoin, que pour aller *en journée;* mais le soir, mais la nuit, elle les donne sans partage à la salle de bal de la rive gauche, sa patrie.

Ce serait une curieuse histoire à faire que

celle du *Prado :* d'abord église sous l'invocation de saint Barthélemy, puis berceau de la gloire théâtrale de Brunet, de Potier et de quelques autres artistes dont le nom n'est pas encore mort pour nous, puis loge maçonnique où Napoléon et Talleyrand ont *travaillé*, puis depuis trente ans salle de danse populaire où les plus purs moralistes, les plus sévères magistrats, les plus chastes procureurs du roi ont dansé la danse du terroir dans leur jeunesse;

souvenir du début de la vie devant lequel ces derniers ne peuvent passer sans rire, quand ils vont braquer la batterie du réquisitoire contre le débardeur des deux sexes ignorant du code de la saltation légale, ou bien oublieux du décalogue de M. Delessert.

C'est surtout le mardi gras que l'aspect du Prado peut donner une idée de l'exaltation de la joie et du paroxisme de la gaieté de la rive gauche.

Au Prado, le débardeur masculin n'est jamais troublé, dans sa danse par l'arrière-pensée d'un souper monstre dont la carte doit lui dévorer un trimestre de pension paternelle.

Le débardeur féminin ne s'arrête pas au milieu d'un galop pour se faire cette inquiétante interrogation : Souperai-je ?

Le débardeur du Prado, quel que soit son sexe, se contente des produits que la charcuterie livre à la gastronomie ; il remplace les truffes par des marrons ; et quand il n'a pas de quoi solder le champagne, il boit avec la même gaieté le cidre grand-mousseux.

Au Prado on ne se tutoie pas pendant le carnaval ; ça change l'habitude qu'on a de se tutoyer les autres jours de l'année. Là tous les danseurs sont frères, et un grand nombre de danseuses sont sœurs.

Quand le Prado d'hiver ferme, l'étudiant et la grisette s'asphyxieraient si la Providence, sous les traits du directeur, ne se hâtait bien vite d'ouvrir le Prado d'été.

Et là encore, on se croit en Carnaval ; un artiste bien inspiré a illustré les noms de la verte rotonde d'un galop infernal dans lequel le débardeur, le titi, le postillon, grands comme nature, sont jetés à profusion : c'est comme une salle de maréchaux où sont représentées les gloires de l'époque joyeuse ; c'est du rudiment en images.

CHAPITRE XI.

Le mercredi des Cendres et la descente de la Courtille.

L'almanach du carnaval devrait subir une réforme. Le mercredi des Cendres et la *descente* de la Courtille arrivent trente-huit jours trop tôt. C'est le jour où la divinité succombe qu'on aurait dû mettre l'époque où si souvent l'humanité chancelle.

CHAPITRE XII.

Ce que deviennent les costumes de Débardeurs.

Le carnaval a amené le déficit dans les caisses ; le fournis-néur connaît si bien cette époque néfaste, que jamais il ne se hasarderait à venir chez la Lorette ou l'Arthur solliciter le plus modeste à-compte.

Tout être qui n'a pas de revenus périodiques est réduit a commencer le carême par une méditation plus ou moins saturée d'amertume.

L'Arthur, ayant remarqué que la vie hori-
zontale envoie des pensées plus riantes que la
vie perpendiculaire, se met à plat ventre et,
dans cette position, passe en revue la liste
de ses vieilles tantes de France qu'il pourra
invoquer à défaut d'oncles d'Amérique.

— Si j'écrivais à ma tante que je suis pris de no-
stalgie, que j'appellerai tout bonnement, pour
être plus à portée de son intelligence, le *mal
du pays*... Je suis autorisé par le fait à réclamer de quoi prendre la malle-poste; et quand
les capitaux arriveront, j'aurai bien d'autres
choses à prendre avant de penser à la loco-
motive de M. Conte, qui fait cinq lieues à

l'heure les roues en l'air, s'il faut en croire l'auteur de la *Physiologie du Voyageur*.

La lettre sera deux jours en route; la tante réfléchira une heure, et la réponse me parviendra le quatrième jour. Jusque-là, je peux faire diète; l'homme, qui est le plus noble animal de la création, peut bien se permettre un acte de contrefaçon aux dépens du chameau, qui est d'une sobriété très-connue dans le désert.

Si j'écrivais à mon autre tante pour lui dire que je réserve aux auteurs de mes jours une grande surprise, et que je veux à leur insu quitter la lancette pour le Code, et que mon intention est d'être très-éloquent, afin de devenir un peu député, ce qui me donnera l'occasion, à l'époque des élections, de rapporter de Paris à ma tante de vieux feuilletons pour lire, et un filoir pour remplacer son vieux rouet moyen-âge avec lequel elle s'obstine à filer malgré les conquêtes que l'instrument de M. Duvelleroy a faites sur la routine... Il y a espoir que, pour avoir un jour gratis un filoir de 18 francs, la bonne tante m'enverra 200 francs pour prendre mes inscriptions, que je ne prendrai pas plus que la malle-poste...

Sur un autre point de l'horizon parisien, la Lorette se livre au monologue suivant:

—Tiens, je croyais avoir dans ma commode une pièce de 20 francs de reste et ce n'est qu'une pièce de 20 sous... Fichtre ! à qui demander des fonds à cette gueuse d'époque...

C'est drôle, au carnaval on a toujours de l'argent et on n'en a jamais en carême. On devrait abolir le carême. Oh ! il n'y a pas à dire, il m'en faut ; d'abord, moi, je ne peux pas sortir sans argent, ça me rend lourde... et ça me fait casser des carreaux dans les boutiques.

Elle prend une feuille de papier encadrée d'un filet de deuil et écrit :

« Mon cher Edouard,

» Me trouvant pour quelques jours seulement dans la gêne, obligez-moi de remettre à ma bonne cinquante francs que je promets de vous rendre sous huitaine. Vous êtes le seul à qui je puisse faire sans façon cette petite demande. »

DEUXIÈME LETTRE

« Mon cher Alfred, me trouvant pour quelques jours. . . . . etc. (même formule que ci-dessus). Vous êtes le seul à qui je puisse faire sans façon cette petite demande... »

TROISIÈME LETTRE.

« Mon cher Adrien, me trouvant pour quelques jours. (même formule que ci-dessus)... Vous êtes le seul à qui je puisse..... (même formule que plus haut). »

La Lorette fait cinq lettres pareilles.

Les cinq amis, surpris à domicile à l'heure du réveil, s'excusent de ne pouvoir satisfaire complétement à la demande... et chacun offre timidement le partage de sa bourse, dans laquelle une dernière pièce d'or vit en pauvre veuve...

La Lorette a calculé sur cette fraction, et, réunissant les cinq offrandes, elle complète le total de la somme demandée.

Mais quand le refus répond aux cinq missives, oh ! alors il faut se résoudre aux grands sacrifices ; les fortes têtes n'hésitent pas dans les circonstances difficiles. La Lorette ouvre sa fe-

nêtre... tousse, et, deux minutes après, elle
voit entrer le marchand de vieux habits, fin
renard qui ne rôde jamais dans la zone des
Lorettes que depuis le mercredi des Cendres
jusqu'aux Quatre-Temps. Ce délai passé, il
laisse le quartier aux marchandes à la toilette.

La Lorette, qui comprend combien il importe
de ne pas laisser croire au marchand d'habits

qu'elle se sépare de son *débardeur* par forc
majeure; s'efforce de lui faire croire que c'
un divorce pour incompatibilité de dimension.

— Ce costume est charmant, dit-elle, et tou
frais... (Le marchand d'habits remue la tête.)

Mais j'engraisse tant, qu'il ne me va plus...
je ne peux plus entrer dans le pantalon.

Puis elle passe à l'éloge du costume, afin de
faire enfler l'enchère.

— Si cela continue, je deviendrai grosse comme
mademoiselle George...

— Connais pas, dit avec flegme le fripier-
errant.

— C'est ce que me disait l'autre jour madame Barthe, la costumière du Vaudeville...
C'est elle qui m'a fait ce costume... l'étoffe en
est superbe.

— Si elle l'était moins, ça se vendrait mieux,
dit le marchand...

— Et ce velours, comme c'est frais !

— Quand il aura passé un an dans ma boutique,... il sera fané.

— Vous le mettrez à l'abri.

— Nous ne pouvons pas dans notre état... El
vous voulez de cela ?...

— Dites votre prix.

— Non, dites le vôtre. C'est à celui qui vend à parler.

— Il m'a coûté cent vingt francs.

— Faut pas parler de ça. Il y a des chevaux à l'abattoir qui ont valu bien des écus.

— Mais il est encore tout neuf...

— Combien voulez-vous de ça ?

— Ce pauvre costume... faut-il que je sois malheureuse d'être devenue si grosse !

— C'est pas ça la question. Quel est votre prix ?

— Eh bien, dit la Lorette regardant du coin de l'œil le négociant... 70 francs.

— 70 francs... petite mère, nous ne sommes plus en carnaval pour dire des farces... Je vous en donne 11 francs, et vous me donnerez un verre de vin.

— 11 francs... La Lorette tombe à la renverse, elle appelle sa bonne... Dites donc, Clotilde : il me donne 11 francs de mon débardeur... Mettez-vous 20 francs ? dit-elle par une brusque transition.

— J'ajouterai dix sous, et pas plus, dit le fripier, et il sort.

— Il va remonter, se dit la Lorette.

— Elle va me rappeler, se dit le négociant en haillons.

Mais les deux adversaires tiennent bon.

Après une heure, la Lorette prend de nouveau l'air à sa fenêtre; elle tousse.

Un second marchand d'habits est introduit.

Il offre neuf francs du débardeur, et sort.

Un troisième survient; il dit : — 7 francs 50 centimes.

— Clotilde, courez vite après le premier marchand, et ramenez-le.

Mais le premier marchand est devenu invisible dans le quartier; c'est lui qui a donné le mot aux confrères : il y a eu coalition pour la baisse des prix dont la Lorette va être victime. Celle-ci hésite, quand un violent coup de sonnette annonce une visite.

La Lorette a reconnu la manière de sonner d'un jeune employé d'ambassade, qui vient la chercher pour aller au bois; et elle n'a pas de gants, et elle ne veut pas mettre le visiteur à contribution dès sa seconde visite : ce serait de la mauvaise diplomatie.

Le débardeur est sacrifié.

Quarante-huit heures après, il fait élection de domicile dans une boutique de fripier; il se reposera un an ; et après il tombera dans le domaine banal de la location : de la Lorette il passera à la grisette, et puis après les femmes qui le porteront n'ont plus de nom; ses beaux jours ont commencé à l'Opéra, ils finiront à la porte d'Idalie ou au bal du Bœuf-Rouge.

Peut-être aussi, mutilé, fractionné en mille pièces par les juifs échantillonneurs, reparaî-tra-t-il en pelotes à épingles sur le bureau d'un procureur du roi, ou transformé en *poupée musicomane,* dansera-t-il sur le piano de la Lorette qui a jadis tant galopé avec lui... Enfin le costume du débardeur a la destinée de toute chose, et lui aussi va

> Où va la feuille de rose
> Et la feuille de laurier.

FIN.

TABLE.

❂

CHAPITRE Ier. — Ce que c'est que le débardeur.   5

CHAPITRE II. — Avant le bal.   12

CHAPITRE III. — L'entrée au bal.   34

CHAPITRE IV. — Pendant le bal.   37

CHAPITRE V. — Mousqueton, Carabine, Baïonnette, Sabredache et Coulevrine.   52

CHAPITRE VI. — Chez le Commissaire.   51

CHAPITRE VII. — Souper.   75

CHAPITRE VIII. — La sortie du bal.   83

CHAPITRE IX. — Les portiers.   91

CHAPITRE X. — Le débardeur de la rive gauche
de la Seine.   99

CHAPITRE XI. — Le mercredi des Cendres et la
descente de la Courtille.   106

CHAPITRE XII. — Ce que deviennent les costumes de débardeur.   108

FIN.

Publications d'Aubert et Cie, place de la Bourse, 29.

Livres illustrés.

LES ANIMAUX PEINTS PAR EUX-MÊMES, magnifique volume illustré par Grandville. — LES FABLES DE FLORIAN, par le même artiste. — LES FEMMES DE SHAKSPEARE, livre de luxe, orné de gravures anglaises. — LES BEAUTÉS DE LORD BYRON, texte par Amédée Pichot, gravures anglaises du plus grand mérite. — LE MUSÉUM PARISIEN, texte par L. Huart, dessins par Gavarni, Daumier, Grandville et autres. — LES FABLES DE FLORIAN, édition illustrée par Victor Adam. — PARIS DAGUERRÉOTYPE, les rues de Paris avec texte explicatif et historique. — LA GALERIE DE LA PRESSE, DE LA LITTÉRATURE ET DES BEAUX-ARTS, trois gros volumes: 147 portraits des artistes et gens de lettres en réputation. — LES FASTES DE VERSAILLES, texte par M. Fortoul, gravures anglaises et françaises. — PHYSIOLOGIES par MM. Balzac, — Delor, — L. Huart, — Lemoine, — H. Monnier, — Maurice Alhoy, — Marco Saint-Hilaire, — Ourliac, — Philipon, — James Rousseau, — F. Soulié et autres; dessins de Daumier, — Gavarni, — Janet-Lange, — A. Menut et autres.

LES CENT-ET-UN ROBERT-MACAIRE, texte par MM. Maurice Alhoy et Louis Huart, dessins par *Daumier*, sur les idées et légendes de *Ch. Philipon*, 2 beaux volumes, 101 dessins. Prix, 20 fr.

LE MUSÉE POUR RIRE, texte par MM. *C. Philipon*, *Louis Huart* et *Maurice Alhoy*; dessins de MM. *Gavarni*, *Grandville*, *Daumier*, *Bouchot* et autres, 3 beaux volumes. Prix : 30 fr.

Estampes.

Estampes d'encadrement, — Estampes de genre, pour albums, etc., — Modèles de figures, de paysages, de fleurs, d'animaux, — Ornements anciens et modernes, — Costumes de théâtre et de travestissements, — Costumes civils et militaires, — Dessins pour les fabricants d'étoffes, d'impression sur toile et sur papier, de broderies, de tapis, etc., etc.

Caricatures.

La maison Aubert a fondé les journaux qui publient des

caricatures, les 99 centièmes de ce qui paraît en ce genre sont imprimés par elle; c'est dire qu'elle seule possède un assortissement bien complet des dessins comiques destinés à l'amusement.

ESTAMPES, — ALBUMS, — LIVRES ILLUSTRÉS, — CARICATURES, — RECUEILS POUR JETER SUR LES TABLES DE SALON; — MODÈLES DE DESSINS, — ORNEMENTS, — MOTIFS POUR LES DESSINATEURS DE FABRIQUE; etc., etc., etc.

ALBUMS DE POCHE. Sous le titre de *Miroir du Bureaucrate*, — *Miroir du Collégien*, — *Miroir du Calicot*, — *Miroir du Pique-Assiette*, etc., format des Physiologies et du prix infiniment modique de 50 cent.

FOLIES CARICATURALES, fort piquant album de salon, paraissant par livraisons remplies d'une myriade de folies grotesques. Prix de la livraison, 50 cent.

L'ALBUM CHAOS, ouvrage du même genre, dessiné à la plume et pouvant servir de modèle de croquis. La livraison, 50 cent.

HISTOIRES PLAISANTES DE MM. *Jabot*, — *Crépin*, — *Vieux-Bois*, — *Lajaunisse*, — *Lamélasse*, — *Vert-Pré*, — *Jobard*, — *Des deux vieilles Filles à marier*, — *et d'un Génie incompris*. — Prix de chaque album, 6 fr.

CHOIX IMMENSE D'OUVRAGES DE TOUS GENRES POUR CADEAUX D'ÉTRENNES, — SOUVENIRS DE VOYAGE, — LIVRES A GRAVURES, etc., etc.

Publications pour Enfants.

LA MORALE EN IMAGES, texte par MM. *l'abbé de Savigny*, — *Léon Guérin*, — *O. Fournier*, — *A. Auvial*, — *Michelant* et *madame Eugénie Foa*; — Dessins de MM. *Alophe*, — *Beaume*, — *Charlet*, — *Jules David*, — *Devéria*, — *Francis*, — *Johannot*, — *Janet-Lange*, — *Louis Lassalle*, — *Léon Noel*, — *C. Roqueplan*, — *E. Wattier*, et autres, publié sous la direction de M. *Ch. Philipon*. Livraisons de 25 cent., 40 livraisons forment un volume dont le prix sera porté à 12 fr. aussitôt qu'il sera complet.

LE PANTHÉON DE LA JEUNESSE, histoire des Enfants célèbres, 50 cent. la livraison. — LES SOIRÉES D'AUTOMNE, nouvelle morale en actions, 25 cent. la livraison. — LE VOCABULAIRE DES ENFANTS, — le LIVRE D'IMAGES, etc., etc.

AUBERT et Cie, place de la Bourse.

COMIC ALMANAK,

ou

L'ALMANACH POUR RIRE, 1842.

Almanach de luxe formant un joli cadeau d'étrennes. 12 gravures à l'eau-forte sur acier, illustrations très-divertissantes dans le texte, articles de MM. ALHOY, BALZAC, Pierre DURAND, DELORT, L. HUART, MARCO-SAINT-HILAIRE, OURLIAC, F. SOULIÉ.—Prix : 5 francs.

ALMANACH DES ENFANTS

Ou *les Corps célestes, les Météores et les Plantes* à la portée du jeune âge, par T. DELIAX, secrétaire de la Société de statistique universelle.

Cet ouvrage donne aux enfants les premiers éléments d'Astronomie, de botanique, etc. Illustré par FOREST et VERNIER, — Prix : 3 fr., cart. 4 et 5 fr.

AUBERT ET Cie, ÉDITEURS,

PLACE DE LA BOURSE.

PETITS
CONTES HISTORIQUES,

Par Madame Eugénie Foa,

DESSINS DE

MM. Bouchot et Janet-Lange.

※

Six petits volumes contenant chacun l'histoire
d'un enfant devenu célèbre ;

Ils ont pour titre :

JEANNE D'ARC OU LA PETITE PAYSANNE DE
DOMRÉMY ;

Béethoven OU LE PETIT MAITRE DE CHA-
PELLE ;

CLAUDE LE LORRAIN OU LE PETIT PATISSIER ;
MARIE RABUTIN-CHANTAL OU LA PETITE
MAMAN, etc.

PRIX DU VOLUME :

Broché, 50 c. — Cartonné, 75 c. et 1 fr.

Langlois et Leclercq, éditeurs,

Successeurs de Pitois-Levrault et Cie, rue de La Harpe 81

DICTIONNAIRE DE CONVERSATION

A l'usage des Dames et des jeunes Personnes, ou

Complément nécessaire de toute bonne éducation;

PUBLIÉ SOUS LA DIRECTION DE M. W. DUCKETT,

Rédacteur en chef du Dictionnaire de la Conversation et de la Lecture

AVEC LE CONCOURS

Des principaux Collaborateurs à ce grand ouvrage

OUVRAGE TERMINÉ.

L'ouvrage complet, illustré de 1,500 charmantes figures, et orné de 25 cartes géographiques coloriées, formera 10 volumes petit in-8° anglais d'environ 450 pages. Prix de chaque volume, 3 fr. 50 c.

Liste des Cartes géographiques qui accompagneront le Dictionnaire

1° Mappemonde. — 2° France par départements. — 3° France par anciennes provinces. — 4° Europe. — 5° Asie. — 6° Afrique. — 7° Amérique méridionale. — 8° Amérique septentrionale. — 9° Océanie. — 10° Palestine. — 11° Algérie et États barbaresques. — 12° Gaules. — 13° Egypte. — 14° Confédération germanique (Autriche, Prusse, Pologne). — 15° Hollande et Belgique. — 16° Espagne et Portugal. — 17° Grèce ancienne. — 18° Italie ancienne. — 19° Italie et Sicile. — 20° Russie et Pologne. — 21° Grèce et Turquie. — 22° Suède et Norwège. — 23° Grande-Bretagne. — 24° Colonies françaises. — 25° Suisse.

Librairie de LAVIGNE, rue du Paon-Saint-André, 1.

HOMÈRE ILLUSTRÉ.

TRADUCTION NOUVELLE

entièrement conforme au texte grec,

Accompagnée de Notes, d'Explications et de Commentaires;

PRÉCÉDÉE D'UNE VIE D'HOMÈRE

ET D'UNE

INTRODUCTION A L'ILIADE ET A L'ODYSSÉE,

PAR EUGÈNE BARESTE;

Ornée de 300 vignettes dessinées sur bois,

ET COMPOSÉES D'APRÈS LES MONUMENTS GRECS

PAR A. DE LEMUD, T. DEVILLY ET A. TITEUX.

Les OEuvres d'Homère formeront deux magnifiques volumes in-8°, imprimés sur papier superfin d'Essone, ornés de 300 vignettes gravées sur bois et intercalées dans le texte, et de 24 sujets tirés à part.

EN VENTE :

L'ODYSSÉE,

Un magnifique volume in-8°, orné de 150 vignettes, et de 12 sujets tirés à part.

Prix : broché, 10 fr.; cartonné, 12 fr.

J.-J. DUBOCHET ET Cie, 33, RUE DE SEINE.

LE
JARDIN des PLANTES,

DESCRIPTION ET MŒURS DES ANIMAUX
DE LA MÉNAGERIE ET DU CABINET D'HISTOIRE NATURELLE,

PAR H. BOITARD.

Précédé d'un

Voyage pittoresque au Jardin des Plantes,

PAR M. ROLLE.

OUVRAGE ORNÉ DE 500 GRAVURES SUR CUIVRE
IMPRIMÉES DANS LE TEXTE,
ET DE 60 GRAVURES HORS TEXTE.

30 c. la liv. — 15 fr. l'ouvrage complet.

Ce livre contient des vues de tous les édifices et paysages du Jardin, des paysages des Alpes, d'Amérique, de l'Inde, tous les types connus d'animaux mammifères, les portraits de Buffon, de Daubenton et de Cuvier; une carte chinoise du Jardin et de toutes les fabriques, etc.

LES FABLES DE FLORIAN,

ILLUSTRÉES PAR GRANDVILLE.

Un beau volume in-8°. — 12 fr. 50 c.

J. HETZEL et PAULIN, rue de Seine, 33.

SCÈNES DE LA VIE PRIVÉE ET PUBLIQUE
DES ANIMAUX,
VIGNETTES PAR GRANDVILLE.

Études de Mœurs contemporaines publiées sous la direction de M. P.-J. STAHL,

avec la collaboration
DE MM.
ALTAROCHE,
DE BALZAC,
L. BAUDE,
DE LA DÉDOLLIERRE
P. BERNARD,
Th. BURETTE,
BUSSIÈRES,
AD. DUMONT,
ÉD. LEMOINE,
J. JANIN,
JONCIÈRES,
L'HÉRITIER (de l'Ain).
LORENTZ,
ALF. DE MUSSET,
PAUL DE MUSSET,
OLD NICK,
Ch. NODIER,
Félix PYAT,
ROLLE,
GEORGE SAND,
L. VIARDOT.

Le prix de la Livraison est de 30 centimes.
Chaque Liv. contient 8 pag. de texte grand in-8° et 2 grandes grav. à part.
Dont une Scène et un Type représentant un Caractère humain
LE TOME PREMIER EST EN VENTE.

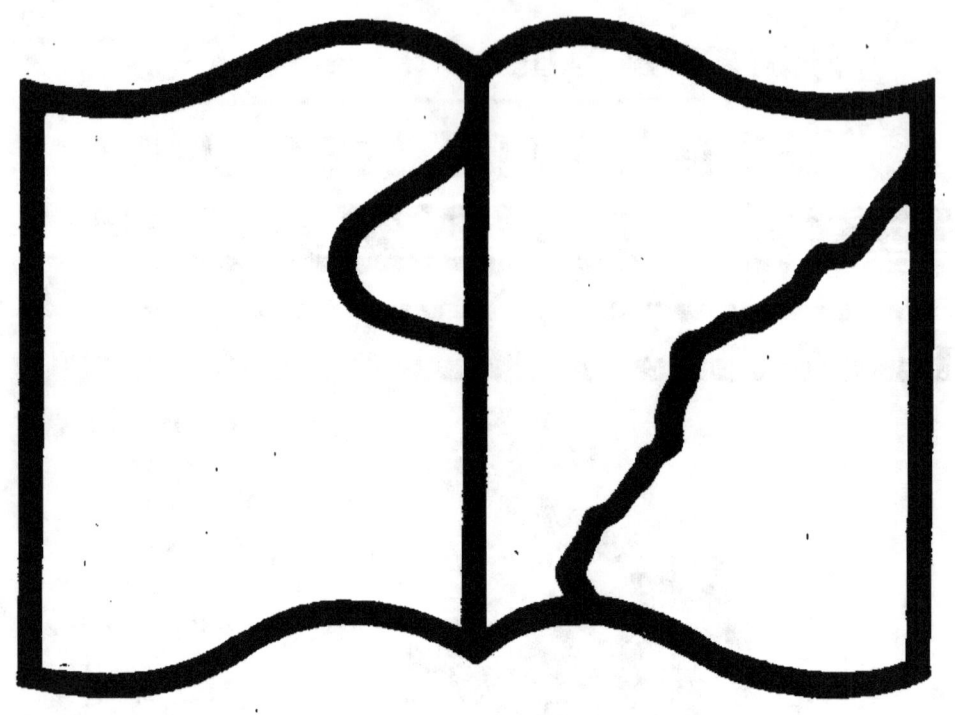

Texte détérioré — reliure défectueuse

NF Z 43-120-11

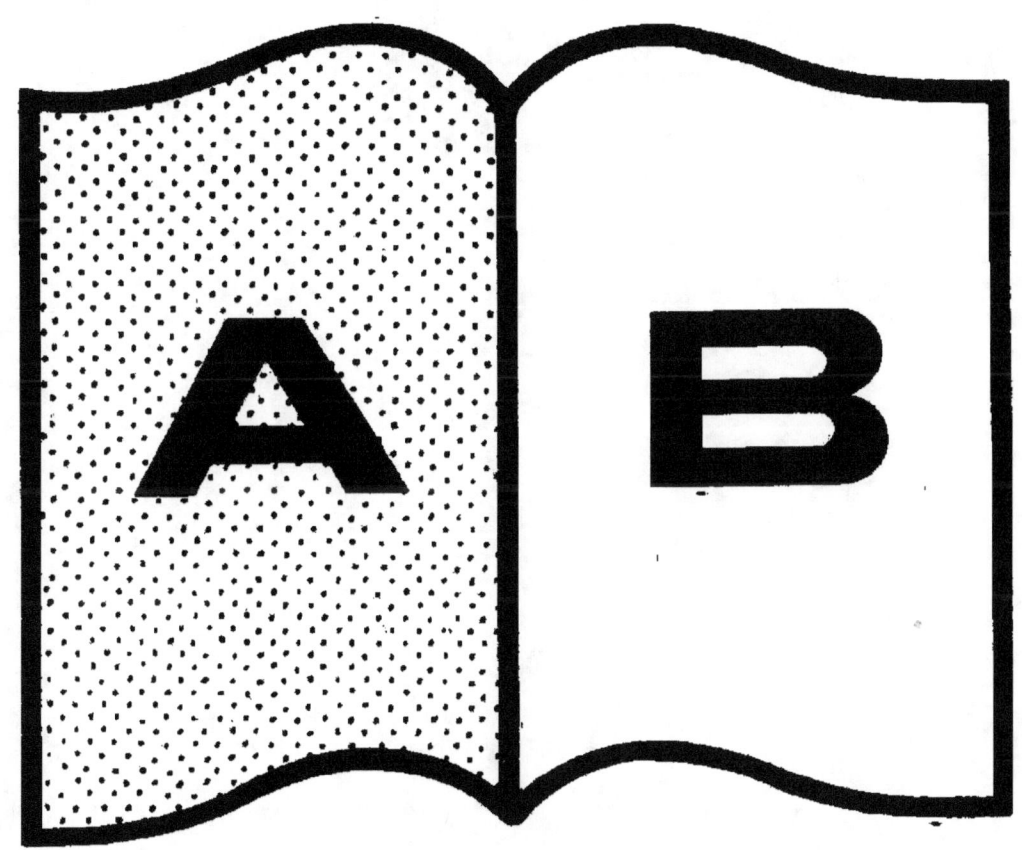